Un muy alegre solsticio alfa

Renee Rose

Lee Savino

Libro Gratis - La virgin y el vampiro

Quiere un libro gratis de Renee Rose y Lee Savino? Suscríbete a su newsletter para recibir *La virgin y el vampiro* y otro contenido especialmente bonificado y noticias de nuevos. https://BookHip.com/XJPQQXK

Libro Gratis de Renee Rose

Quiere un libro gratis de Renee Rose? Suscríbete a mi newsletter para recibir **Padre de la mafia** y otro contenido especialmente bonificado y noticias de nuevos. https://BookHip.com/NCVKLK

Capítulo uno

P*arker*

Mi día comienza como lo hacen todos. Con violencia.

—Te voy a rellenar y cocinar como a un ganso de navidad, —se escucha el grito desde la cocina. Quien sea que haya dicho que el acento irlandés es música para los oídos nunca conoció a Declan.

Levanto el sombrero y miro la sala de estar totalmente iluminada por la brillante luz Tucson.

Una explosión de plumas blancas se anticipa a la corrida frenética de Laurie al pasar por la puerta. El alto y delgado transformista cruza la habitación en dos saltos y se refugia detrás del sillón gastado en el que he dormido cada noche.

—¿Y ahora qué? —me quejo.

Declan sale de forma sigilosa y sostiene una sartén llena de contenidos quemados.

—Quemó el tocino. De nuevo.

El olor es pista suficiente para saber lo que sucedió. Es como el interior de un contenedor incendiado. Estiro la cabeza para mirar a Laurie, quien se está escondiendo mal detrás de mi sofá porque es dos veces más alto.

—Solo cocínalo en el horno la próxima vez. Pon una lámina para horno y cocínalo a...

—¡Sacrilegio! —grita Declan—. Si mi mamá supiera que estamos horneando el tocino como una puta galleta de mantequilla...

—Hay p-p-p-avo, —Laurie muestra un paquete de tocino de pavo, pero el gruñido de Declan lo detiene. La sartén que estaba sosteniendo golpea contra el linóleo con un ruido sordo y entonces un gran perro negro me pasa por encima para atacar a Laurie. Se escucha una riña detrás de mí, con gritos y patadas al respaldo de mi sofá.

Me uniría, pero estoy muy cansado. Apoyo la cabeza en la tapicería desgastada mientras Laurie corre en círculos con Declan perro persiguiéndolo. Se parecen a un corredor y un coyote si el corredor fuera un búho transformista que deja plumas blancas y el coyote un sabueso irlandés cruzado con perro sarnoso.

Termina cuando Declan perro le quita el tocino de pavo de las manos a Laurie. Regresa a la puerta de la cocina, se transforma en hombre nuevamente, todavía con tocino envuelto en plástico en los dientes. Desnudo, camina hasta el tacho de basura y arroja el paquete.

—No dejaré esa abominación en mi casa. ¿Qué parezco, ¿vegetariano?

—Comer pavo no te hace vegetariano —sostengo el sombrero para tapar la vista del cuerpo desnudo de Declan—. Ahora vístete. Me vas a revolver el estómago.

Declan toma la sartén y la sostiene por encima de su pene desnudo.

—¿Dormiste aquí? —pregunta, su ceño fruncido más

marcado de lo habitual. Si fuera cualquier otra persona, lo tomaría como signo de preocupación.

—Sí. La mayor parte del tiempo no dormí. Pero es mejor a la alternativa, revolcarme en las sábanas, asfixiado por pesadillas.

—Hace falta más tocino, —dice Declan.

—Hace falta dinero para comprarlo, —le respondo—. ¿Y adivina quién lo apostó todo en la pelea de Caleb?

Declan sonríe.

—Fue una gran pelea.

Fue una pelea para defender el club de pelea de los transformistas. No fue la pelea real. La de Caleb tuvo que ser reprogramada. Y mientras tanto, todo nuestro dinero está comprometido. Vuelvo a ponerme el sombrero. El peso me suele ayudar a pensar, pero hoy me da ganas de volver a dormir.

Una sombra me cubre cuando Laurie se para a mi lado y tapa el sol.

—Nos-s-sotros podríamos trab-b-bajar.

Ya lo intentamos. El trabajo de Declan y Laurie vestidos de emparedados gigantes, caminando por los alrededores y gritándole a la gente para promocionar el restaurante local me dio un dolor de cabeza de tres días.

Todavía siento un eco del dolor en la parte posterior de la cabeza. O quizás sea la falta de sueño combinado con el ruido que está haciendo Declan en la cocina, golpeando ollas y sartenes.

—Q-q-uizás... —Laurie intenta decir y se calla.

Su tartamudez está empeorando. Mis sueños están empeorando. Declan sigue casi igual, lo que significa que está más chiflado que una fábrica de silbatos.

—¿Saben qué necesitamos?

Declan regresó, desnudo excepto por un delantal

amarillo con adornos. Sostiene un tazón para mezclar con el codo y me apunta con un batidor que chorrea yema amarilla.

—Qué alegría navideña.

—Eso es lo último que necesitamos. ¿Además celebras la navidad?

Muchos transformistas no celebran festividades cristianas porque la iglesia solía cazar a nuestros ancestros como demonios.

—¿Si la celebro? —Declan da un giro que hace que su delantal ondule peligrosamente. Deja caer el batidor en el tazón y se persigna—. Mamá me mataría si te escuchara dudar de su buen niño cristiano.

—Está el s-s-solsticio, —dice Laurie con amabilidad. Ha encontrado sus lentes. Los lentes de botella de coca hacen que sus ojos redondos y grandes lo sean aún más.

O Hanukkah. O Kwanza. Incluso Diwali. Todas las celebraciones están dedicadas a la alegría y a la luz. ¿De quién fue la idea de decir que este momento oscuro y depresivo del año debería ser pura alegría? Nada es peor que estar deprimido y rodeado de gente que finge felicidad.

—Permitámonos estar deprimidos.

—Ya está. —Declan arroja el tazón contra la encimera y los contenidos bajan por los gabinetes—. Voy a buscar un árbol, —se gira y nos regala una vista completa de su trasero. Laurie y yo nos quejamos. Bajo el borde de mi sombrero hasta cubrirme los ojos.

—¡Laurie! —grita Declan—. Ven a ayudarme.

Me vibra el teléfono. Lo busco entre los almohadones y finalmente lo desentierro. La pantalla dice: llamada perdida. *Quien no debe ser nombrado.* Me recorre un escalofrío y mi lobo llora e intenta esconderse en un rincón. Esa es la señal de llamada de Lucius, el Rey de los vampiros.

Es una mala idea deberle un favor a un vampiro. Son peores que la mafia humana, a no ser que te eches atrás; en vez de dormir con los peces, serás un donante involuntario de sangre. De cualquier forma estás muerto.

En el caso de Lucius, él se apiadó de nosotros y nos utilizó para cabos sueltos. Y nada es más extraño que los trabajos que puedas hacer para un rey vampiro. Eso terminó cuando conoció a su pareja y dio por saldada nuestra deuda.

Pero todavía nos tiene en marcado rápido. Porque igual que la mafia, nunca puedes escapar de un vampiro.

Toco reanudar justo cuando la música de heavy metal estalla en los parlantes que Declan insistió en instalar.

—*Deck the halls with boughs of holly* —canta Twisted Sister, entremezclado con las maldiciones y aullidos de Declan.

—Cállate, —le grito mientras sostengo el celular en una oreja y presiono mi sombrero para cubrir la otra— intento escuchar el buzón.

Declan regresa. Sigue desnudo debajo del delantal y ahora tiene un sombrero de Papá Noel en la cabeza. Laurie tiene una guirnalda destrozada alrededor del cuello

—¿Qué están haciendo? —suspiro.

—No puedo encontrar el árbol.

—No tenemos uno. Ya no. El incidente con el petardo, ¿recuerdas?

—Tenemos que comprar un árbol.

—No. Sin árbol.

—Les hará bien.

—Declan...

—¡Mira a Laurie! —señala Declan, moviendo el aire hasta que la habitación parece una explosión en una fábrica de plumas—. Está tan estresado que se le caen las plumas.

Renee Rose & Lee Savino

Laurie asoma la cabeza de la nube de plumas y su nuez de Adán sube y baja.

—Las av-v-ves no c-c-cambian las plumas. Las m-m-mudamos.

—Cállate —dice Declan con desprecio.

—Estamos todos algo sensibles, —agrego— pero tengo buenas noticias —sostengo el teléfono—. Una llamada del Rey de los vampiros.

—¡Mierda!

—¿Es-s-as son b-b-buenas not-t-ticias?

—Tiene un trabajo para nosotros —miro a Laurie con amargura—. Ten cuidado con lo que deseas.

Capítulo dos

Parker

—¿Qué t-t-trabajo?

—Tenemos que recoger un par de paquetes.

—Claro. —Declan se aleja rápidamente y vuelve usando unos vaqueros y botas. Se pone una camisa y se frota las manos; sus ojos verdes brillan. Su animal está cerca de salir a la superficie—. Hagámoslo.

Tendré que ir con cuidado y ser muy claro, como si hablara con un niño pequeño.

—Primero necesitamos un auto o autobús en el que entremos todos.

—Listo. —Declan gira y sale de un salto por la ventana. Hay un gritito de dolor.

—Se olvidó de los cactus, —le digo a Laurie—. *Otra vez.* —Me asomo por la ventana y le grito a la forma de Declan que se aleja—. ¿Adónde vas?

—¡A preguntar por la camioneta! —grita por encima de su hombro.

—¿Irá caminando? —le pregunto a Laurie. El búho

transformista se encoge de hombros y el movimiento hace que más plumas pequeñas y suaves vuelen por el aire.

Me froto la cara. Será un diciembre largo.

Dos horas después, Declan llega en un autobús VW con paneles naranjas que no combinan. Hay un gran árbol de navidad atado por encima y la punta se inclina sobre el parabrisas.

Laurie y yo salimos de la casa para encontrarlo.

—¿Qué es esto?

—La camioneta.

—¿Y qué hay del árbol?

Se encoge de hombros.

—Vino con el autobús.

Me aprieto la giba de la nariz.

—Declan. ¿Robaste este autobús?

Como respuesta, toca la bocina. Laurie ya deslizó la puerta lateral para meterse en la parte de atrás. Él mira hacia atrás, cruzamos miradas y se encoge de hombros.

—Bien —gruño mientras me acomodo el sombrero firmemente en la cabeza—, pero yo manejo.

Resulta que Declan no sirve para quedarse quieto y ser copiloto, así que lo mando al asiento de atrás mientras sigo el GPS hasta llegar a las primeras coordenadas de ubicación que me envió Lucius. Salimos de la carretera por un largo camino de tierra. Después de una milla de levantar polvo rojizo, llegamos al lugar.

—¿Es aquí? —Declan entrecierra los ojos para ver el edificio bajo en el medio de la nada. En el frente hay dos bombas de gasolina, pero el letrero dice que cuesta ochenta centavos por galón, así que no ha estado en uso por un tiempo.

Vuelvo a revisar el teléfono.

—Supongo. No tengo mucha señal, pero aquí dice que hay que ir para recoger el primer paquete.

—¿Alguna idea de qué es el paquete? ¿De cómo luce?

—Ninguna.

—Claro. —Declan se frota las manos—. Veamos qué hay.

Salimos juntos de la camioneta y nos acercamos al edificio. Froto la mugre de las ventanas viejas y pongo las manos alrededor de mis ojos para mirar qué hay dentro. Es un viejo almacén; los estantes se vaciaron hace mucho y ahora están cubiertos de telarañas.

Laurie empuja la puerta y se abre con un chillido que me hace temblar.

—Nada espeluznante.

—Ay vamos, —dice Declan—. ¿Creen que el rey de los vampiros nos envió aquí en una búsqueda inútil, tan solo para que nos acuchillen en el medio de la nada? Si quisiera matarnos, podría simplemente arrancarnos la cabeza o bebernos hasta que no quede nada.

—Eso no ayuda, —le digo entre dientes.

—Este lugar huele a abandonado. —Declan olfatea el aire.

Pero hay otro aroma, algo floral. Lo sigo hasta la parte de atrás, pero allí no hay nada más que una caja registradora de bronce del 1800.

—Callejón sin salida.

Las sombras se mueven detrás nuestros y hay un sonido indiscutible de una escopeta que se sacude. Nos giramos todos juntos, asombrados de que alguien nos sorprendiera sin que lo olfateáramos.

Una figura delgada está parada junto a la puerta apuntándonos con el arma.

—Digan a qué vienen. —La voz es femenina.

Levanto bien las manos en el aire.

—Soy Parker. Ellos son Declan y Laurie. Nos envió...

La escopeta se baja.

—Lucius el Rey vampiro. Ya se habían demorado bastante —voltea y descansa el arma en su hombro—. Por aquí.

La seguimos de inmediato. Ya está recorriendo el camino empolvado, pero la alcanzamos con un par de zancadas. Es una mujer de cabello oscuro y metro cincuenta con un kilo y medio de delineador oscuro alrededor de sus ojos marrones. Me resulta conocida.

—¿Te conozco? —le pregunta Declan.

—Dímelo tú, Pene de Whiskey —lo mira con furia.

—Lo sabía, —truena los dedos—. Eres una de las transformistas que rescatamos de los traficantes de esclavos.

—Tin tin —ella frunce la nariz. Solía tener un arito, lo recuerdo. Ahora ya no.

—¿Era Fiona, verdad? —su voz se vuelve suave y melodiosa—. Un buen nombre irlandés para una dama hermosa como tú.

No tengo que mirarlo para saber que está sonriendo y mirándola de cierta forma. Su aroma se volvió dulce como el caramelo.

La chica gótica lo huele y le gruñe al camino. Más allá hay un par de edificios sin puertas. Una ciudad fantasma.

—¿Vives aquí?

Ella se encoje de hombros.

Le arrojo las llaves del autobús VW a Laurie.

—Síguenos, lo mejor que puedas.

Él asiente; su nuez de Adán sube y baja y se pierde apresuradamente por donde vinimos.

La vegetación está crecida; los arbustos y cactus se

amontonan alrededor de los edificios. Un corredor se lanza en nuestro camino. Luego otro. Y otro.

Se mueven por el camino en la misma dirección que nosotros: hacia el aroma floral que está más adelante y que se vuelve más fuerte.

Un arbusto palo verde se mueve y un coyote asoma la cabeza desde allí. Tiene los ojos amarillos. Declan lo saluda y me da un codazo en las costillas.

—Mira, es uno de tus hermanos.

—No soy parte coyote, —murmuro—. Ya lo hablamos.

Data X experimentó conmigo. Mi animal es un híbrido mezcla de todo tipo de especies.

—¿Entonces qué eres? —pregunta Fiona de inmediato.

Declan levanta sus cejas negras y gruesas.

—Eso, Parker, ¿qué eres?

Hay un momento súbito de pánico y un aroma fuertemente metálico llega a mis fosas nasales. Mi mundo se achica hasta que estoy mirando a través de barrotes cubiertos de plata que queman y queman…

Por encima, un águila chilla y parpadeo bajo el sol.

—Sabes si lo escucharas reírse, —le dice Declan a Fiona— pero no lo ha hecho en mucho tiempo.

Resoplo. Se equivoca. Solo soy hiena en parte. El resto es un gran signo de interrogación.

—Sabes qué, no importa qué sea yo. ¿Qué eres tú? —increpo a Fiona.

Ella se encoje de hombros y apunta el cilindro de la escopeta por encima de su hombro.

—Sigue jodiendo y te enterarás.

El águila baja en picada y se posa en el techo más cercano, mirándonos con furia.

—¿Qué sucede con eso? —muevo la mano para señalar el ave—. ¿Qué pasa con todos los animales salvajes?

Nuestro guía suspira.

—Allison.

—¿Allison? —pregunto.

—Lo recuerdo, —comenta Declan—. Era la otra transformista que estaba contigo. La que atraía a todos los animales.

—Esa es Allison, —asiente Fiona con la cabeza. A nuestros pies, un trío de liebres salta desde la sombra de un saguaro cercano. El coyote solo los observa con una expresión desconcertada. Incluso el águila estoica no está mirando la carne fresca.

Una bandada de pinzones rojos trinan mientras vuelan por encima nuestro.

Una mujer joven sale de un edificio y se peina hacia atrás sus risos castaño oscuro. Las aves se posan en sus hombros y brazos mientras siguen piando. Con su rostro hermoso y su falda moviéndose con el viento, luce como la heroína de una película que está a punto de cantar una canción.

—Maldita A, —dice Declan con asombro.

—Hola. Soy Allison. ¿El señor F. dijo que me acompañarían a Taos?

Declan emite un sonido ahogado. Probablemente sea su reacción ante esta joven de rostro dulce llamando «señor F.» al Rey de los vampiros.

—¿Taos? —pregunto—. ¿Qué hay en Taos?

Fiona baja la escopeta y revisa el cilindro.

—Un par de cosas que pidió. Como regalos. Se demoraron.

—Vayan ahora, —les susurra Allison a las aves—. Díganles que estamos en camino.

Las aves salen volando al unísono.

Allison se dirige al águila en el techo.

—Cuídalas. ¿Por favor?

El águila chilla y bate sus grandes alas, tomando vuelo y dirigiéndose en la misma dirección que la bandada pero a mucha más altura. No las sigue para cazar, sino para protegerlas.

—Increíble —resopla Declan—.

Eso sí que es asombroso —me giro para hablar con Fiona y Allison—. Entonces las llevaremos a Taos. ¿A ambas?

Fiona sacude la escopeta.

—Soy su guardaespaldas.

—¿Necesita guardaespaldas? —pregunta Declan—. Tiene a todo tipo de animales comiendo de su mano. Como una maldita princesa de Disney.

—De hecho soy mejor con animales de presa, —responde Allison—. Los hago sentir protegidos.

Se escucha un chillido y un ratón se asoma del bolsillo de su vestido. Ella lo toma y lo apoya con cuidado en el piso para que pueda desaparecer por una grieta en el piso al lado de la casa vacía.

—¿Y qué pasa cuando hay una amenaza? —increpo a Fiona—. ¿Les disparas?

Ella me sonríe con cinismo y me muestra todos los dientes.

—Sigue jodiendo y te enterarás.

La grava cruje detrás de mí. Laurel ha traído el autobús hasta donde estamos parados.

—¿Ese es su autobús? Parece salido de Scooby Doo. —Allison suena fascinada.

La expresión de Fiona es de desconfianza.

—¿Por qué tiene un árbol?

—Por navidad, —dice Declan.

—Ah, —responde Fiona, como si tuviera sentido.

Asiento con cansancio.

—De acuerdo. Vamos, Blancanieves. Llevemos este circo a las calles.

—¡Copiloto! —gritan Fiona y Declan al mismo tiempo y se chocan para sentarse en el asiento delantero de pasajeros.

Los dejo pelearse por él y doy la vuelta para que Laurie me dé las llaves. Unos segundos después se oye un ladridito de dolor y Fiona abre la puerta del pasajero para sentarse junto a mí. Apoya la escopeta a su lado y extiende la mano.

—¿GPS?

—Gracias, —le paso mi teléfono—. Él no ha enviado las coordenadas...

—No te preocupes. Sé adónde vamos.

Ajusto el espejo retrovisor. Laurie se acomoda en el asiento de atrás junto con un Declan que gruñe.

Allison sube con una mochila que tiene una estampa floral gastada y se acomoda en el asiento del medio.

—Cómo estás, —saluda a Laurie con su voz suave.

Él se pone aún más pálido de lo normal.

—¿Qué hay aquí? —Allison abre un mini refrigerador color pistacho que está asegurado en el piso junto a ella. Está lleno de antiguas botellas de leche, rellenadas con un líquido blanco.

—¿L-l-leche?

Declan toma la botella y la bate para comprobarlo.

—Probablemente sea licor de huevo.

—No lo bebería, —advierto.

—Ah, ¿por qué no? Un pequeño traguito no me haría mal.

—No, —gritamos Laurie y yo al mismo tiempo.

—Bien —Declan acomoda la botella y saca su petaca plateada—. No necesito diluir el licor.

Declan borracho. Justo lo que necesitábamos.

Pongo el autobús en marcha y acelero. El motor tose un

poco pero luego se acomoda en un ronroneo fuerte y rítmico. Puede que nos lleve todo el camino hasta Taos.

—¿Cómo han estado ustedes? —le pregunto a Fiona con cautela. Su aroma se siente un poco más en lugares cerrados; tierra y un poco de pimienta. No queda claro qué animal es o si es un híbrido como yo. Un perro.

Hace tiempo que no las vemos a ella y a Allison, desde que recién las rescataban de los esclavistas de transformistas. Tanto Declan como Laurie querían conocerlas más, pero necesitaban tiempo y espacio para procesar los horrores que habían vivido.

Quizás Declan y Laurie también necesiten tiempo para procesar.

—Bastante bien. Nos quedamos con la manada de Tucson por un tiempo. Sheridan nos enseñó a atender un bar, —Fiona se encoge de hombros—. Tomamos horas en Eclipse y El club de la pelea cuando necesitamos dinero.

—Sheridan sale con Trey, el que está a cargo de El club de la pelea. ¿Alguna vez trabajaste una de esas noches?

—No, —responde Fiona de forma casual, pero su aroma se vuelve rojo picante. Pimienta de cayena con indicios de habanero. Mi nariz sensible pica y tengo que contenerme un estornudo. Un aroma a enojo... ¿con miedo subyacente? —. No trabajamos en las peleas.

—Ese es nuestro trabajo, —respondo—. Llevamos los libros.

Uno pensaría que estar rodeado de transformistas gigantes y locos de adrenalina sería raro después del tiempo que pasé en las jaula de Data X. Pero es lo contrario. Estar rodeado de transformistas, especialmente los fuertes y concentrados en la pelea, hace que mi animal se sienta seguro. Si tuviera que adivinar, diría que a Declan y a Laurie les pasa lo mismo.

—¿Alguna vez pensaste en unirte a la manada de Tucson? —pregunta Allison. Su voz es suave, pero la escucho con claridad desde el siento del medio.

—No. ¿Tú?

—No.

Ahora el aroma de Fiona es rojo fuerte y su voz es cortante. Está realmente enojada.

—Garrett lo ofreció, pero... —Allison deja de hablar. Su aroma floral se desvaneció, como una flor seca presionada contra las páginas de un libro por muchos años.

—Lo mismo digo. —Me aclaro la garganta. Manejamos en silencio por otra diez millas. Declan y Laurie miran fijos a través de ventanas opuestas. Nadie quiere decir la verdad: cuando Data X nos secuestró, experimentó con nosotros, no solo nos robaron años de vida, la sensación de seguridad, parte de nuestra cordura. También nos robaron la oportunidad de ser parte de una manada.

Porque cuando eres demasiado diferente, demasiado extraño, no encajas con nadie.

* * *

Fiona

El camino se extiende ante nosotros, suave y seco. Por las primeras tres horas, el paisaje era desierto marrón, piedras y algún rancho cada tanto. Después de llegar a Nuevo México, todo se volvió más interesante, con cordilleras que contorneaban la vista. El viaje no ha estado tan mal. Hay un resorte que se me clava en el trasero, pero el autobús tiene onda. Si hace falta podemos bajar los asientos y dormir aquí. Allison y yo la hemos pasado mucho peor para dormir, sin duda.

El único problema es el aroma agrio de nuestros compañeros. Drogón, Tristón y Cara de pluma. Tristón se sienta junto a mí, con la mano firme sobre el volante y una expresión pensativa en su rostro bajo la sombre de su sombrero. Está pensando en cosas tristes. Su aroma es de fruta muy madura.

Allison está sentada atrás; su aroma de naranja cubre la peor parte. Cara de pluma, el búho transformista que huele a luna llena de noche de invierno, está sentado tieso a su lado. Sus ojos son enormes detrás de sus gafas anticonceptivas. Cada vez que tiembla, un par de plumas salen volando de su cabello.

—¿Qué sucede con las plumas? —le pregunto—. ¿Las estás cambiando?

—Las aves no cambian las plumas, —dice Allison—. Las mudan.

—Como sea. Otra hora y podríamos llenar un acolchado para una cama tamaño king.

Por el espejo retrovisor, Allison me mira con decepción.

—No lo dice en serio, —le susurra a Cara de pluma.

Inhalo y miro mal a Drogón. El irlandés. Sabueso cruza con un montón de otros animales. Su aroma es un misterio, como Tristón, pero embebido en licores fuertes. Huele a quedarse despierto hasta las cuatro de la madrugada y tomar malas decisiones.

Me agrada un poco.

Lo disfruté la primera vez que lo sentí, pero mi animal estaba muy asustadizo como para acercarse a cualquiera que no fuera Allison. Allison es como un calmante para mis sentidos. Y yo soy un sobreestimulante. Pero entre las dos, hacemos una transformista medio cuerda.

Es horrible estar tan rota que necesitas de tu amiga como apoyo. Allison nunca me dijo que lo resintiera y no lo haría. Y debe ser horrible también para ella, vivir en los bordes de la sociedad. Nunca poder ser parte de una manada.

Mi animal ya no puede estar cerca de grupos grandes de transformistas fuertes. No después de que mi última «manada» me vendiera a los esclavistas de transformistas. Resulta que no eran tan leales hacia mí como yo hacia ellos porque mi animal no era el mismo.

Ellos se lo pierden, pero no pienso unirse a otra manada por lo pronto. No hasta que Allison y yo encontremos un grupo de transformistas que nos haga sentir que pertenecemos.

Me hace ruido el estómago. Tristón me mira pero no emite comentario. Drogón me observa por el espejo retrovisor y me muestra la petaca, ofreciéndome whiskey para almorzar. Niego con la cabeza y toco mi escopeta por si piensa insistir.

—Ah, jovencita, ¿sabes cómo usar esa cosa, verdad? —Su acento de Danny Boy es más marcado cuando me habla a mí.

Me encojo de hombros y le doy la espalda para mirar por mi ventana. Hay un cartel de mi lugar preferido de hamburguesas, pero luego veo algo más preocupante. Tres grandes todoterreno negras con vidrios polarizados en línea.

—Toma esta salida, —le digo a Parker, alias Tristón. En el asiento de atrás, tanto Declan como Laurie se incorporan.

—¿Ahora? —Parker está por voltearse y le gruño,

—No mires. Solo hazlo a último momento. ¡Ahora!

Se mueve al carril de salida. Las todoterreno negras continúan a toda velocidad. Sus ventanas opacas no me muestran nada más que el reflejo de nuestro autobús.

—¿Quién era? —pregunta Parker.

—Ni idea. Nueva ruta. Pongo el mapa en su teléfono. —Gira a la derecha en la señal de alto, —lo guío por una serie de giros que nos llevan de regreso a la carretera. No podemos tomar caminos alternativos hasta Taos.

Ahora sí que mi estómago suena en serio. Mi animal quiere esconderse detrás de una cadena de hamburguesas y desaparecer en un contenedor.

Esta vez, cuando Declan me ofrece su petaca, acepto y bebo un sorbo. El whiskey me quema la garganta pero se esparce con un calor dulce en el fondo de mi barriga. Sorprendentemente bueno.

Se lo devuelvo.

—Gracias.

—¿Crees que los perdimos? —pregunta Parker.

Observo los espejos. Ya ha pasado casi media hora. Estoy por afirmar que los perdimos cuando aparecen, marchando como hormigas, una atrás de la otra. Tres todoterreno. Vidrios polarizados y todo.

—Es real. —Me hundo en mi asiento—. Nos están siguiendo.

Capítulo tres

Declan.
    Como si supieran que los hemos visto, la fila de autos negros se acerca rápidamente, sobrepasando la camioneta de un pintor y una mamá que lleva a los niños al entrenamiento de fútbol en una minivan azul. Dentro de otra milla los tendremos respirándonos en la nuca.

Intento concentrarme para distinguir alguna forma detrás de los vidrios polarizados ilegales, pero me sigo distrayendo. La pequeña gótica en el asiento delantero huele a hamburguesa jugosa con papas. Igual que las que hacía mi mamá. Está volviendo loco a mi lobo.

Y que ande apuntando una escopeta no ayuda. Es realmente sensual.

—Yo me encargo —abre una ventana.

—No tan rápido, —gruñe Parker. Su cautela me jode, pero en este caso tiene razón.

—No puedes empezar a tirotear en público, —le digo a Fiona. Ella me muestra los dientes. Tiene caninos pequeños, más bien desafilados. ¿Cuál sería su animal exactamente? Por lo general los dientes desafilados son de animales de presa, pero no la veo correr y esconderse como uno. Pero toda su fanfarronería puede ser porque esté realmente asustada. Hay calor en su aroma, como si alguien le hubiera puesto pimienta a una feta de queso Monterey Jack en una hamburguesa.

Extremadamente delicioso.

—No nos llevarán con vida, —gruñe. Con su cabello negro que le llega a los hombros y su maquillaje dramático en los ojos, luce como princesa guerrera. Una princesa guerrera con acceso a maquillaje Mac.

—Espera un poco, no hemos llegado a eso, —dice Parker. Él conduce el autobús, aumentando la velocidad y deslizándose hacia el carril más a la izquierda. Las todoterreno nos siguen—. Pensémoslo bien.

—¿Quién carajo sabría de esta misión? —pregunto.

—Los malditos vampiros, —gruñe Fiona.

—Eso no tiene sentido. —Parker estira la cabeza para mirar el sol—. Todavía es de día. No pueden salir de día...

—Pero esas ventanas son polarizadas, —acota Fiona—. Y si nos persiguen lo suficiente, se hará de noche.

—Mierda, —murmuro. Tiene razón. Si son vampiros, estamos en una carrera contra el tiempo.

—¡Cuidado! —grita Laurie. La todoterreno más cercana aceleró, volando hacia nosotros para dar con nuestro parachoques.

—Espera. —Parker aprieta los dientes y gira el volante hacia la derecha para tomar la salida que acabamos de pasar. Las ruedas delanteras chocan contra la franja de grava entre la carretera y la rampa y por un momento quedamos suspendidos en el aire. Bajamos con un duro golpe seco. Se escucha un tintineo y me estremezco. Espero que no se haya roto algo esencial.

Parker acelera por la rampa de salida. A mi lado, Allison ha saltado hasta el regazo de Laurie. Se aferra a él y él a ella.

—Mi héroe, —le dice y él se congela; sus ojos tan grandes como platos detrás de los lentes enormes.

Sonrío y le muestro un pulgar hacia arriba encubierto.

—Aján. —Fiona me mira enfurecida. Es probable que no le guste ver a Laurie tan cómodo con su amiga.

Me recuesto hacia atrás y golpeo mi regazo.

—Aquí hay suficiente lugar para ti si necesitas rescate.

Sus ojos toman un tinte rojo, como un demonio del infierno. Nunca antes vi así a una transformista.

—Fascinante, —susurro, inclinándome hacia adelante.

Ella pestañea, asombrada por mi interés, y la luz malvada desaparece.

—Eres suicida.

—Cuando se trata de ti, me arrojaré a tus garras solo para sentir tu caricia. Valdría la pena.

Nos miramos. Nunca dije algo tan honesto tan temprano en el proceso de seducción, pero cuando te persiguen vampiros y te enfrentas al final, debes dar todo lo que tienes.

—¿Puedes dejar de coquetear y ayudarme a deshacernos de estos bobos? —grita Parker. Una de las todoterreno ha ido marcha atrás en la carretera para seguirnos por la salida. Sus amigos probablemente estén dando la vuelta para atraparnos.

—Ve hacia la izquierda, —ladra Fiona y nos guía por una serie de giros que apenas puedo seguir. Terminamos en un camino de una mano, sin ningún auto.

—Iremos hacia las montañas.

Miro hacia la cima.

—¿Estás segura de que podemos en este autobús?

—De lo contrario tendremos que caminar, —dice Parker.

—Al menos hasta que pueda robar otro, —añado sin pensar.

—Lo sabía. —Parker le pega al volante—. Sabía que lo habías robado.

—Lo pedí prestado sin permiso.

—¡Es lo mismo!

—Ve hacia la derecha, —ordena Fiona y salimos del camino otra vez.

Otro golpe grande y la radio se enciende, aturdiéndonos con la estática. Todos gritamos y apretamos nuestros oídos sensibles de transformistas. Es como tener una sirena de niebla a dos centímetros.

—¡Apágalo! ¡Apágalo! —grito.

—Eso intento, —los dedos de Fiona se mueven rápido por encima de los controles. Engancha una estación de música country y las guitarras vibran lo suficientemente alto para hacer que mi lobo llore.

—¡Eso no! —Me quejo—. ¡Cualquier cosa menos eso!

Allison entierra el rostro en la camiseta de Laurie con las manos cubriendo sus oídos. Laurie le cubre las manos con las suyas.

Otro giro y los tonos suaves de Nat King Cole invaden el autobús.

Chestnuts roasting on an open fire.

—Que dulce alivio.

Allison y Laurie parecen estar bastante cómodos en el asiento detrás del mío.

—¿Ustedes celebran la navidad? —Le pregunto a Allison. Ella asiente.

—Celebramos el día de ver a los Elfos y recibir regalos, —dice Fiona.

—Eso, chica, misma cosa. Navidad.

Ella mueve la cabeza y otra ola de su delicioso aroma a cena frita viaja hacia mí. Mis colmillos se han afilado lo suficiente como para cortarme la lengua. Me gustaría morder un buen pedazo de su cuerpo. Giro la cabeza hacia otro lado para respirar algo de aire fresco.

—¿Qué te sucede?

—Ah, mi encantadora Fiona. Muchas cosas como para contarte.

—Eso pensaba.

En las colinas, la estación de radio se entrecorta y se acalla. Fiona juega con el control sin mucha energía pero no puede encontrar nada, así que escuchamos el traqueteo de la camioneta mientras lucha cuesta arriba.

—¿Qué pasa si un vampiro nos atrapa? —susurra Allison.

—No lo harán, —respondo porque es impensado.

—No te p-p-preocupes. Te p-p-protegeré, —le susurra Laurie como respuesta. Allison parece aceptarlo, pero Laurie me mira con desesperación.

Los autos pueden o no tener vampiros adentro, pero si los hay, una vez que caiga la noche, serán mucho más poderosos. Y el sol está bajando más y más en el cielo con cada milla.

Necesitamos un plan y rápido.

Allison

El pequeño autobús resopla subiendo la montaña. Todos nos inclinamos hacia adelante, como si nuestro peso le diera fuerzas.

Laurie está plegado junto a mí. Es tan alto; sus rodillas

se asoman treinta centímetros por encima del asiento. Cada vez que puedo me apoyo en su brazo. El rubor se extiende por su cuello, pero nunca me dice que me detenga.

Algunas noches, cuando las quejas de Fiona me despiertan, recostada en mi bolsa de dormir imagino estar arropada en plumas blancas. Siempre me hace sentir a salvo.

Ahora me doy cuenta con quién fantasea.

Pero no hay tiempo para seguir pensando en ello, no mientras intentamos escapar.

—Súbenos lo más que puedas, —dice Fiona.

—Eso intento, —responde Parker entre dientes. Desde la parte inferior del coche se escucha un quejido grave y largo. Cada tanto, siento un olor a aceite quemado y a engranajes machacados.

—Puedo llamar ayuda, —digo.

—No hay señal aquí arriba, niña, —dice Declan.

—No se refiere a eso con llamar, —responde rápidamente Fiona.

Los ignoro, intento pensar en quién llamar. ¿Qué animal nos ayudaría más? Algunos coyotes, quizás un puma. Pero los vampiros pueden matar a esos animales tan rápido como a nosotros, quizás más fácilmente. Sería cruel llamarlos hacia mí y a su condena.

El autobús está prácticamente sin aliento para cuando llega a un paraje a mitad de camino de la montaña.

—Detente aquí, —señala Fiona.

Laurie se acerca a mí para destrabar y abrir la puerta.

—Denme unos minutos, —les digo.

—Apúrate, jovencita.

—¿Crees que funcionará? —escucho que pregunta Parker.

—Es la única idea que tenemos, —responde Declan.

La puerta del autobús se cierra y Fiona me sigue sigilosamente, pateando grava con sus Doc Martens.

—Piensa en el depredador más grande y malo que puedas imaginar, —me dice.

Asiento y encaro hacia el viento. Imagino que mi energía es una bola blanca de luz que se esparce unos metros alrededor de mi cuerpo. Luego la concentro en un rayo y lo lanzo al viento.

No es mi voz la que lo hace, ni mi espíritu. Es mi aroma.

Pido ayuda y luego imagino que una forma gigante se forma en el aire. Y luego otra. Y otra. Seres musculosos que producen poder. Los imagino solidificándose en una pared a mi alrededor y de Fiona y todos los demás en el autobús.

Las cosquillas se esparcen por todo mi cuerpo. A mi lado, Fiona estornuda, como lo hace cuando mi olor se vuelve particularmente fuerte.

Imagino a los guerreros de sombras derritiéndose y formando un fuerte sólido y reluciente. Y lleno la torre con la sensación de seguridad. De nuevo siento ese aroma invernal, esa sensación de hundirse en almohadas, con las plumas acariciando mi rostro. Mi sensación preferida.

Cuando abro los ojos tengo los brazos levantados y Fiona se apoya contra el autobús con los ojos llorosos. Siente mi energía aunque no la entienda.

El arbusto a unos metros del camino ya está empieza a moverse. Allí habrá aves y ratones y ratas del desierto, liebres. Querrán acercarse a mí, responder mi llamado. Les envío un mensaje: *Quietos. Paz.*

El movimiento se detiene. Exhalo y me dirijo a mi audiencia.

Declan me muestra un pulgar en alto.

—Vaya poder...

Parker hace una mueca pero inclina la cabeza para mostrar que está de acuerdo.

Fiona ronda cerca de mi codo en caso de que tiemble y me caiga. A veces gasto demasiada energía y puedo marearme. Pero hoy fue sencillo.

Me deslizo para sentarme en el asiento de atrás. Laurie me mira con ojos brillosos. Como si fuera su heroína. Y algo en mí se relaja. Sin importar cómo me vea el resto: un ángel, una loca rara; Laurie no cree que sea un fenómeno.

* * *

Laurie

Fiona desliza la puerta trasera para cerrarla y pasa al siento delantero. No puedo quitarle los ojos de encima a Allison. Es tan hermosa con su brillante piel oscura y sus bucles cerrados en un halo suave alrededor de su cabeza. Lo que sea que haya hecho allí afuera, se sintió como si me recorriera una ola cálida de luz. Sentí que algo dentro de mí cambiaba. Y ahora lo siento otra vez, con ella aquí junto a mí en el asiento trasero, su aroma a flor naranja que me rodea.

—¿Y ahora? —pregunta Parker.

—Ahora conducimos. Y rezamos que esta camioneta de Scooby Doo pueda pasar la montaña.

—Oye, no insultes a este excelente vehículo, —dice Declan.

Fiona resopla. El sonido se pierde entre el traqueteo del autobús mientras se sacude de nuevo por el camino.

Conducimos en un silencio colectivo, como si hablar fuera a añadirle peso y terminar con la lucha del autobús, lo que nos mandaría rodando por donde vinimos.

Aumentamos el esfuerzo y nos encontramos en un mirador hacia el oeste. El sol está bajo en el cielo.

—El atardecer, —dice Parker de forma sombría—. El amanecer de los vampiros.

—Solo sigue conduciendo, —responde Allison. Hasta su voz es consoladora. Quiero envolverla en mis brazos y tenerla bien agarrada sobre mi regazo. Enterrar el rostro en su cuello y besar el aroma que emana su piel suave.

Pero no me animo a hacer nada de eso. Allison es la mujer más hermosa del mundo. Y es inteligente y amable y poderosa. Mi chica ideal... o lo sería si mis sueños pudieran crear a alguien tan perfecto como ella.

Y yo soy yo. Un trasformador con problemas que no puede mantener en calma a su animal. Tan extraño como alto. Flacucho y viviendo en una casa antigua con sus dos mejores amigos, que están tan atormentados como yo.

¿Quién soy siquiera para sentarme junto a ella? Ni siquiera puedo mirarla. Brilla demasiado.

Pero no puedo evitar que mi cuerpo le responda. La necesidad late por mi cuerpo. Es el dolor más dulce.

Aprieto los dientes y miro el atardecer. Ya casi llegamos a la cima de la montaña cuando cometo el error de mirar hacia abajo.

Dos pares de luces recorren el camino en zig zag detrás nuestro.

—T-t-tenemos compañía. —Tomo a Declan por el hombro. Él voltea y ve lo que veo y comienza a maldecir como nunca.

—¿Son ellos? —pregunta Parker; sus hombros rígidos, sus ojos fijos en el camino.

—Así es.

Fiona acerca su escopeta.

—¿Qué hacemos?

—Intentamos ser más rápidos.

Se oye un zumbido de quejido cuando Parker aprieta el acelerador, y luego un golpe fuerte.

Quedamos todos helados.

El autobús escupe y comienza a detenerse.

—Mierda, mierda, mierda, —se une Parker a la fiesta de maldiciones de Declan.

Miro a Allison para disculparme. No todos están acostumbrados al uso creativo de mi amigo de la palabra «maldición».

El autobús se detiene. Estamos en el ápice del camino, mirando hacia abajo.

—Salten, —dice Parker al mismo tiempo que Declan exclama,

—Bien. Quizás podamos empujarla hacia abajo.

Todos nos apuramos en salir del autobús. Con la llegada de la noche, el aire se siente más fresco. El viento mueve mi cabello y la falda con vuelo de Allison. El aroma debería ser limpio y fresco, pero en vez de eso tiene un dejo ácido y metálico. Por debajo se siente como un drenaje viejo. El olor a miedo y vampiros.

Fiona salió por la parte trasera para poder mirar a quienes nos persiguen.

—Se acercan y rápido.

—Vamos. —Declan se apresura hasta la parte trasera del autobús y se empuja contra él.

—Espera, —grita Allison, apuntando al camino hacia abajo en frente nuestro. Dos pares más de luces suben la montaña; se dirigen directo a nosotros—. Estamos atrapados.

Ahora Fiona, Parker y Declan maldicen.

Allison se envuelve con sus brazos. Tiene puesto un saco y un sobretodo, pero la tela de su falda parece fina. No lo pienso; simplemente la rodeo con el brazo, parándome cerca para tapar el viento con mi cuerpo.

—¿Qué hacemos? —pregunta Allison.

Y estoy desamparado porque con el enemigo acercándose de ambos lados no hay nada que pueda hacer.

Olvídalo. Podría transformame en búho y volar hasta estar a salvo; llevar a Allison y quizás a Fiona conmigo. Pero de solo pensarlo mi búho se esconde profundamente, lejos de mi alcance.

Fiona pidió la ayuda a Declan para poder subirse a una roca cerca y tener la vista de francotirador. No estoy seguro de cómo mantendrá a los vampiros alejados con una escopeta, pero es mejor que sentarse aquí a esperar la muerte.

Parker rodea sigilosamente el autobús, midiendo a los enemigos.

—Laurie, podrías, —mira hacia atrás; la luz se refleja en sus ojos y brillan opacos con un amarillo resplandeciente. Su animal está cerca de salir a la superficie.

Pero mi búho no está por ningún lado. Parker pensó en la misma solución y me está pidiendo transformarme para sacar volando a Allison. Niego con la cabeza, tragando saliva. Tengo una piedra en la garganta que hace que sea difícil tragar. Una sensación de una banda plateada que quema envuelve mi cuello y lo aprieta. El collar que usaba en los laboratorios de Data X. Donde hurgaron tanto que mi búho aprendió a esconderse.

—No p-p-p, —intento decir. *No puedo*. Mi búho ha sido más valiente pero no últimamente. No cuando soy el único que puede salvarnos. Salvarla a *ella*.

—Está bien, —dice Parker—. No lo fuerces.

Allison se mantiene cerca de mí. Inclina la cabeza para mirarme, pero en sus ojos no hay condena. Mi interior sigue retorciéndose. Si fuera mejor, más valiente, fuerte, podría llamar a mi búho, transformarme y *hacer* algo. Pero me estoy

31

encogiendo en mí mismo. Allison está en peligro y soy menos que un bueno para nada.

Lo siento, quiero decir, pero ni siquiera puedo hablar. Y el momento pasa.

Se escucha un *pum-pum-pum*, y todos volteamos hacia el sol poniente.

—¿Eso es...? Allison se cubre los ojos.

—Un helicóptero, —confirma Fiona.

En la poca luz que hay, el helicóptero se desliza sobre la tierra como una libélula gigante. Se dirige directo hacia nosotros.

—Ay, mierda, —murmura Declan—. ¿No basta con sus tropas terrestres? ¿También envían un pájaro?

—Espera, —dice Parker.

Entre más se acerca el helicóptero, más clara se vuelve su silueta. Por más loco que sea, es evidente; alguien cuelga de la plataforma. ¿Con un... vestido corto?

El viento comienza a soplar más fuerte; el polvo y la arena arman un remolino causado por las aspas del helicóptero.

—Ahí vienen, —grita Fiona. No queda claro si se refiere a las todoterreno que toman el último giro a la izquierda o la derecha o al helicóptero que se zambulle para revelar su cargo: dos grandes figuras que visten faldas escocesas, una con una camiseta blanco nieve de piratas y la otra con el pecho descubierto.

—¡Esoooo! —grita el que tiene el pecho desnudo, colgado de la plataforma—. ¡Vamos los Osos del Trueno!

Suelta la plataforma y cae en picada sobre el camino, justo frente al par de todoterrenos que se acercan.

Capítulo cuatro

F*iona*

Me tapo la nariz con el cuello de mi camiseta para protegerme de la arenilla que vuela. Estamos en una tormenta de arena temporal por el helicóptero que nos sobrevuela. Me lloran los ojos por el viento.

Pero igual veo al Oso del Trueno Uno caer al piso. Por un momento se le levanta la falda escocesa, respondiendo a la antigua pregunta acerca de qué usan debajo.

Y si yo estuviera tan bien equipada, también me sacaría los calzones.

Otro grito de batalla y el segundo Oso del Trueno se arroja del helicóptero. Ambos aterrizan en el camino, uno a pocos metros frente a nosotros, el otro por detrás. El piloto del helicóptero nos muestra un pulgar en alto mientras pasa, alejándolo hasta que no lo vemos más.

Dándonos la espalda, comienza a caminar hacia sus respectivas todoterreno que se acercan.

Al unísono, se arrancan las faldas escocesas y nos ofrecen una vista de unos traseros muy buenos antes de explotar y convertirse en osos gigantes. Sus garras golpean contra el pavimento y sacuden el camino mientras corren hacia las todoterreno, rugiendo.

Las camionetas se siguen acercando. Bajan las ventanas y aparecen cañones de armas negras.

—¡Cúbranse! —grita Declan.

Laurie lleva a Allison detrás de una roca y la cubre con su cuerpo alto y largo.

Intento ver a través de la mira de mi escopeta y luego grito cuando alguien me toma el tobillo y me arroja hacia abajo.

—¡Cuidado, señorita! —Declan intenta cubrirme.

—¡Vete a la mierda! Ambos luchamos hasta que logro liberarme y me asomo por encima de la roca para ver la batalla.

El Oso del Trueno Uno está parado sobre sus patas traseras. Tiene las delanteras enganchadas en la parrilla de la todoterreno y mientras lo miro arroja todo el vehículo hacia un costado con tanta fuerza que se voltea y cae camino abajo. Los disparos suenan y el Oso del Trueno Uno ruge. Ataca de nuevo, saltando sobre la segunda todoterreno y arrancando el techo con garras que parecen una guadañas. Abre el metal como si el auto estuviera hecho de aluminio. Se asoma un arma para dispararle y la toma; la rompe al medio y tira las piezas hacia abajo para darle en la cabeza al enemigo dentro del auto.

El Oso del Trueno Dos pone su hombro contra una de las todoterreno y empuja hacia atrás. Las llantas zumban, largan humo y los hombres gritan, disparándole al gigante oso pardo. Las balas chocan contra su piel y ruge.

—Mierda, —murmura Declan. Me pongo de pie sin darme cuenta mientras miro por la escopeta. Por las noches en las que las pesadillas me invaden y no puedo dormir, me dirijo a mi campo de tiro improvisado y disparo cuantas latas vacías pueda encontrar. Toda esa práctica tiene que servir para algo.

La todoterreno delantera ha dado la vuelta. Entrecierro los ojos y apunto al conductor. La primera bala da contra la puerta. La segunda hace explorar la cabeza del tipo.

—No son vampiros, —grito—. Son humanos.

Por qué estarán manejando vehículos de vampiros con vidrios polarizados y por qué hay un misterioso olor a alcantarilla es algo que deberemos resolver cuando hayamos ganado la pelea.

Disparo una y otra vez pero no tengo un buen tiro antes de que una balacera me alcance y deba cubrirme.

—¡Ve por ellos! —Declan corre hacia el autobús y abre la puerta. Saca un panel del piso y muestra una botella atrás de otra. Añejas y sin etiqueta.

—¿Qué es eso? —Grito.

—Alcohol barato. —Lo destapa y el aroma me quema los pelos de la nariz. Me guiña el ojo y sonríe a pesar de no querer hacerlo—. Muy inflamable.

Parker se apresura en llenar un trapo hasta el tipe y lo enciende.

Declan se escabulle por el camino y se cubre con unas rocas hasta poder arrojar el cóctel Molotov encendido por la ventana abierta de una de las todoterreno.

Me apuro en bajar la escopeta y ayudar a Parker a abrir otra botella. Para cuando hacemos nuestros propios cócteles, la batalla ya casi acaba.

El Oso del Trueno Dos empuja la todoterreno delantera hacia atrás contra la segunda y ambos autos retroceden paso a paso hacia el precipicio. El Oso del Trueno Uno destapa el techo de su todoterreno como si fuera una lata de sardinas y saca a los tiradores para arrojarlos por la montaña.

Corro hacia allí y tiro la botella dentro de una de las

camionetas. El Oso del Trueno Dos usa la distracción para arrancar la cubierta delantera de otra, quitar el motor y arrojarlo hacia la segunda.

—¡Jovencita! ¡Corre! —Declan viene volando hacia mí y su rostro es una máscara de miedo. Me golpea y salimos del camino hasta cubrirnos con una roca mientras dos todoterrenos explotan.

Los hombres-oso empujan el desastre en llamas por el acantilado. Se ponen lado a lado a mirar cómo rebotan por las rocas; luego se miran y unen sus gigantescas patas chocando los cinco.

Detrás de mí, Laurie ayuda a Allison a ponerse de pie. Ambos están cubiertos de polvo pero parecen estar bien. Parker está agitado, pero Declan baila como si acabara de meter un gol. El aroma a 90% alcohol de grano puro se siente fuerte en el aire. Alguien está bebiendo la parte cóctel del cóctel Molotov.

Camino hacia Declan y le quito la botella marrón de las manos. Tan solo el olor erosiona la capa protectora de mi esófago, pero una vez que está en mi estómago se esparce como el calor que tanto necesitaba en las extremidades.

—Eres una jovencita que busca ganarse mi corazón. —Declan se acerca para decírmelo, con una mano sobre el pecho. Realmente es convincente, con su cabello oscuro y ojos danzantes. No quiero responder a su coqueteo, pero mi cuerpo no se entera.

—Esto es peligroso, —murmuro y tomo otro trago. Declan mueve las cejas y una punzada extraña retuerce mi zona inferior.

—Nos vemos luego, —gesticulo y volteo para saludar a nuestros rescatistas.

Los hombres-oso se han encogido hasta ser dos jóvenes idénticos, altos, de hombros amplios, cuerpos esbeltos llenos de músculos. Sus manos y pies son grandes. Todavía seguirán creciendo. Se elevarán por encima de la mayoría de los transformistas, hasta cuando lleguen a su tamaño máximo.

—¿Quiénes son estos tipos? —Le pregunto a Declan.

—Hutch y Canyon, —señala Declan—. Creo.

—Canyon es el que no tiene camiseta, —dice Parker.

—¿Gemelos?

—Trillizos. Su hermano Bern era el ave que sobrevolaba.

—¿De dónde salieron?

—De la Montaña de Osos Malos, —dice Oso del Trueno Uno. Me guiña el ojo mientras para a mi lado a recoger su falda escocesa del camino.

El segundo hermano corre, su falda y camisa suelta puestas

—Aquí con Hutch. Olimos algo raro y vinimos a comprobarlo.

—Y qué suerte, —dice Oso del Trueno Uno, alias Canyon—. Eso fue emocionante. —Toma una botella de alcohol malo y la olfatea.

—¿Tienes edad de beber? —Lo reta Parker.

Canyon se encoge de hombros.

—Tengo la edad de salvarte el trasero.

—Y estamos muy agradecidos, —dice Allison.

Canyon la ve y se queda sorprendido por su belleza. Su voz se vuelve más grave.

—A su servicio, señora. —Él y Hutch le hacen una reverencia. Laurie pestañea y desprende un par de plumas blancas.

Pongo los ojos en blanco. Todos los tipos siempre se enamoran de Allison y ella nunca los nota. Pero sí parece que disfruta de la atención de Laurie.

—¿Entonces quiénes eran esos tipos? ¿Y por qué olían a vampiro?

—También lo noté, —Hutch frunce la nariz—. Humanos contratados por vampiros, ¿te parece?

—Si así fue, deberíamos avanzar, —dice Parker—. Se está por poner el sol. Los últimos rayos de luz se mueven por encima nuestros y bañan al mundo en un brillo dorado y rojizo.

—¿Adónde van, chicos? —Pregunta Hutch.

Parker le explica nuestra misión.

—¿El Rey de los vampiros? —Canyon frunce la nariz—. ¿Crees que estos tipos trabajaban para él?

—Si lo hacían nos estarían ayudando, no cazándonos, —respondo.

—¿Entonces nos están persiguiendo para detenernos?

—Políticas de vampiros, —resopla Declan.

No pueden atacar a Lucius así que nos persiguen a nosotros, —añado—. Creen que somos el eslabón más débil.

—Bueno, ya sabieron cómo es, ¿no es cierto? —Dice Canyon.

Hutch le da un codazo.

—Habla bien.

Canyon apunta a su hermano con el dedo y Hutch pone los ojos en blanco; se voltea para preguntarnos,

—¿Qué paquete tienen que recoger al fin y al cabo?

Todos nos miramos rápidamente.

—No estamos seguros, —respondo—. Pero es para el rey de los vampiros. Podría ser cualquier cosa.

—Pongámonos en marcha. —Parker mira ansioso al sol poniente—. Si los vampiros están metidos en esto, cuando caiga la noche presa fácil.

Hemos decidido regresar por el camino mientras los hombres-oso empujan el autobús y Parker lo conduce.

Resulta que solo deben hacerlo una milla porque Bern llega en un Jeep.

—Justo a tiempo, —dice Canyon con satisfacción.

—Tuve que arrastrar el trasero para llegar aquí, —dice Bern. Se parece mucho a sus hermanos, pero viste todo negro, hasta la falda escocesa y un par de botas geniales New Rock. Estaría tentado de robarlas, pero Bern es un amigo que acaba de salvarnos la vida, y sin importar lo que la gente crea de mi animal, sí tengo estándares.

Une el autobús a su vehículo y todos entramos, excepto por Canyon y Hutch, quienes prefieren correr por la ruta e intentar olfatear al enemigo. Sacan sus pares de zapatillas deportivas del baúl (no había notado que estaban Descalzos hasta ahora) y corren hacia los arbustos.

Igual estamos apretados. Prácticamente termino en el regazo de Declan.

—Perdón. —Me muevo y luego me quedo quieta. Hay una cresta dura debajo de mi trasero y es mucho más grande de lo que pensaba que le pertenecería a un rey bajo como Declan.

—No te preocupes, —dice entre dientes. Sin doble sentido, solo un tinte de dolor en su voz. Me tienta frotarme contra él, pero le hago un favor y me pongo sobre su rodilla.

—No es seguro viajar lejos con vampiros que nos siguen.

Parker no deja de mirar hacia atrás. Yo también siento una comezón entre mis omóplatos, como si alguien nos observara.

—Y en algún momento tendremos que dormir, —agrego. A Allison le pesan los ojos. Ella está en el regazo de Laurie, inclinándose sobre él hasta que sus aromas se mezclan en una fusión dulce de flores y suaves algodones de algodón. Hacen una pareja tan linda. Esto debería molestarme, pero apuesto que Laurie haría lo que fuera por hacer feliz a Allison.

Y ella lo merece.

—Necesitamos un lugar donde escondernos, —dice Parker.

—Conozco uno. —Bern acelera.

Capítulo cinco

Declan.

Ya atardeció para cuando llegamos al refugio, que es una pequeña cabaña escondida al costado de una montaña nevada.

—Mis hermanos viven por allí. Y por allí, —señala Bern. —Y por allí. Ah, y Darius está aquí este fin de semana y su cabaña está allí abajo.

—¿Tienes cuatro hermanos? —Pregunta Fiona. Está sentada sobre mi pierna, sostiene su escopeta y se inclina hacia adelante para que la mayor parte de su peso no esté sobre mí. Es todo lo que puedo hacer para no enterrar mi rostro en su cabello y darle una mordida de pareja.

—Cinco. Teddy y su pareja están en California.

Bern estaciona y Fiona se baja al instante, abre la puerta y salta.

Buen trabajo, Declan. Asustaste a la pobre chica.

¿Dónde estamos? —pregunta Allison. Laurie la ayuda a bajarse del auto y siguen tomados de las manos. Al menos está superando su timidez, ¿pero quién pensaría que el búho fuera a coquetear mejor que yo?

41

—Bienvenidos a la Montaña de Osos Malos. —Bern se dirige a la cabaña—. Aquí estarán a salvo. Se escucha el crujir de la puerta al abrirse y nos invita a todos a pasar.

Espero algo salido de una película de terror, pero está limpia y es acogedora, solo algo abarrotada. Hay un sillón junto a la puerta y una cama pequeña contra la otra esquina. Un gabinete con un hornillo y un mini refrigerador en la otra esquina junto a una ventana. Todo desde las cortinas hasta las frazadas en la cama y en el sillón tiene los mismos tonos verde y rojo en tela escocesa.

—Es pequeña, —dice Bern—. Tan sólo una habitación y un baño exterior. Perdón.

—Está bien. Como dijiste, estaremos a salvo aquí. Nadie podrá olernos. —Dice Parker diplomáticamente. Lo que no dice es que un marcado olor a hombre-oso lo cubre todo.

—Muy festivo. —Fiona se acerca a una biblioteca llena de libros y mira unas figuras talladas en madera que están puestas sobre ella. Pequeños osos, zorros y lobos, todos con pequeños sombreros y bufandas. Ella y Allison están embobadas.

Trago saliva. Esta cabaña es dulce y festiva, sobre todo cuando Bern enciende el fuego en el hogar de piedra. Es como salido de una película navideña y por alguna razón no puedo soportarlo otro minuto.

—Iré a vigilar. —Salgo en busca de aire fresco.

—¿Qué le sucede? —Escucho que pregunta Fiona tras la pesada puerta de madera. Maldito poder de escucha de los transformistas. Hasta casi puedo escuchar la lástima en su voz. Parker responde algo que, afortunadamente, no logro escuchar.

Mi sabueso lobo se queja. Quiere volver con Fiona.

—Lo sé, —murmuro—. Lo sé.

Camino junto al Jeep de Bern y nuestro autobús

averiado. Ni siquiera el helado aire nocturno ni el aroma de la nieve y el pino salvaje son suficientes para romper la tensión que me cierra la garganta.

Se abre la puerta de la cabaña y Bern sale trotando. Si nota mi humor sombrío, no lo comenta.

—Mi hermano Axel tiene buena mano con los autos. Le dejaré el suyo y debería estar en condiciones para la mañana.

—Gracias, amigo.

—Ni lo menciones. Enviaré a mi hermano Everest con algo de comida.

Con ese último grito, Bern gira el Jeep, con el autobús atrás y todo, y se marcha.

Suspiro y miro el interminable cielo lleno de estrellas. Se me estruja el corazón como una fruta blanda. Demasiado suave como para servirle a alguien, sobre todo a mí.

Se oye el crujir de una rama y me invade el delicioso aroma a cena. *Fiona.* Debe haberme seguido aquí afuera. No me doy vuelta.

—¿Seguirás merodeando en las sombras, jovencita, o vendrás a hablar conmigo?

Fiona aparece desde un lado de la cabaña, moviendo su largo cabello oscuro. Puedo ver una pequeña franja de piel tostada entre su camiseta y sus vaqueros negros de tiro alto. Quiero presionar el rostro allí e inhalar.

Probablemente hundiría sus pequeños dientes afilados en mi oreja.

—Tú eres la que anda merodeando, —me responde.

Me río.

—Entonces andas malhumorado. ¿Cómo le llamas a salir de una cabaña linda y cálida para venir a pararse en el frío y la oscuridad?

—Tú también estás aquí, —le digo.

Fiona resopla.

—Sí, bueno, se están poniendo a gusto con chocolate caliente y cidra especiada. Es tan doméstico que podría vomitar.

—Malditos, —concuerdo. La tensión en mi pecho ha cedido un poco, pero me cosquillea la mano. En este momento estaría tomando una botella, pero olvidé tomar una del autobús antes de que Ben se fuera.

—A Allison le gusta Laurie, —anuncia Fiona—. Lo apruebo.

—Le diré a los medios.

—Ey, no apruebo a muchos hombres. Pero tu amigo huele decente. Y si la lastima, lo usaré para rellenar un colchón.

—Suena justo.

Encuentro un tronco caído y aparto la fina capa de nieva para sentarme en él. Fiona se mantiene cerca y mi animal está muy alerta a ella, preguntándose cuándo saltar. La lamería hasta quitarle el aroma a chispas si lo dejara.

Lo sostengo más fuerte de la correa e inclino la cabeza hacia atrás para tomar algo del aire nocturno.

Después de un momento, Fiona se sienta a mi lado. Siento el calor de su cuerpo a través de mi ropa. Calienta mi lado derecho y deja al izquierdo sintiéndose frío.

—Muchas estrellas esta noche, —le digo—.

Aquí hay menos contaminación visual. Es lindo.

Los escalofríos recorren mi costado. Podría acercarme un poco y poner mi brazo sobre sus hombros. Dejar que se apoye en mí. Enterrar la nariz en su cabello oscuro y brillante; inhalar el aroma desde su fuente.

Pero miro la luna.

—¿Eso de ahí es una casa del árbol?

Fiona se pone de pie rápidamente.

—¡Lo es!

Ambos estiramos el cuello para mirar hacia arriba. No la verías si no estuvieras buscándola porque se camufla tan bien. Anidada entre imponentes pinos ponderosa hay una diminuta casa del árbol.

—¿Cómo crees que llegó allí? —Fiona camina hacia la base de uno de los árboles. No hay escalera.

Me encojo de hombros.

—No lo sé. Los osos trepas árboles. ¿Crees que... solo escalen el tronco?

—¡Por aquí! —Me llama hacia uno de los troncos en los que se apoya la casa—. Peldaños de escalera clavados.

Tiene razón. Hay pequeñas estacas que salen por lados alternados todo el camino hacia la casa del árbol, donde hay un agujero para entrar gateando.

Trepamos e inspeccionamos el diminuto interior. Dos metros y medio por dos metros de un piso de madera prolijamente trabajado, cubierto por una alfombra de lana en forma de óvalo. Aunque está abierta en el lado que mira montaña abajo, tiene un techo robusto junto con un una parte saliente que ha evitado que entre la nieve y la alfombra está cálida y seca.

Fiona se acomoda sobre ella, inclinándose contra la pared para admirar la vista. Me siento junto a ella.

—¿Ustedes siguen viviendo en Tucson? —pregunta.

—Sí.

Por un tiempo estuvimos viviendo una serie de casas rodantes arruinadas, contando con algún que otro turno en el club de la pelea para pagar el alquiler. El lugar donde vivimos ahora es del Rey Vampiro. Su forma de tenernos cerca, como un enganche.

No le cuento nada de esto.

Ella toma aire para decir algo más, pero hay movimiento en el bosque a unos metros nuestro.

—¿Oyes eso?

Los ojos de Fiona se vuelven blancos y luego rojo brillante.

—¿Qué?

—Por allí, —susurro, señalando. Contenemos la respiración y miramos hacia abajo al bosque oscuro. Hay algo moviéndose allí. Algo grande.

Lo sé ni bien Fiona lo ve porque toma mi brazo. Su contacto me hace sentir electricidad por un costado. Mi pene se para y aprieto los dientes. Ahora no es momento de saltarle encima. Aunque esté inclinándose frente a mí, bañándome con ese aroma que me hace agua la boca.

—¿Qué es? —dice entre dientes.

No logro descifrarlo. Parece un espectro gigante entre los árboles. Inhalo, pero el olor a hombre-oso es tan fuerte que no puedo sentir otra cosa.

La forma fantasmagórica se acerca más. Es gigantesca, pero no emite sonido.

Mi sabueso lobo levanta la cabeza. No tiene miedo en lo más mínimo, solo curiosidad.

Fiona levanta la escopeta, apunta.

—Espera, jovencita. —La agarro del brazo—. No dispares.

—¿Por qué no? —susurra hostil, pero admito que saca el dedo del gatillo. El pequeño acto de confianza es como un trago de whiskey que me calienta por completo.

—Solo espera.

Los árboles se sacuden y el gigante emerge debajo nuestro, levantándose en sus patas traseras para mirarnos.

—Jesús.

Es un oso blanco enorme con un sombrero de Papá Noel apoyado en su gigantesca cabeza.

—Un oso polar, —susurra Fiona.

El oso asiente y avanza. Sostiene algo en sus patas delanteras. Lo apoya y se aleja, desvaneciéndose en el bosque como si nunca hubiera existido. Nos deja agachados e intentando oler el paquete caliente que dejo en la entrada. Algo horneado y perfumado está envuelto en un repasado y huele a cáscara de naranja y fruta seca...

¿Pastel de fruta?

* * *

Laurie

La oscuridad ha caído y lo único que se ve y escuchar es el brillo y chasquido del fuego que se apaga. Es cálido y tostado y huele a sidra especiada.

Parker acercó el sillón al fuego y está apoyado con las piernas estiradas y el gorro de costado sobre su rostro. De todos modos suele dormir sentado. No puede ser cómodo, pero dice que lo ayuda con las pesadillas. Para sentirse lo suficientemente seguro para dormir, su animal tiene que estar listo para correr.

Entiendo esa necesidad. A mí también me cuesta dormir la mayoría de las noches. Por supuesto, mi búho naturalmente es nocturno, pero se cansa en las horas del «pis», como las llama Declan, entre la una y las cinco de la madrugada, y entonces suelen venir las pesadillas.

Esta noche, tengo otro problema. Me siento junto a Parker en mi lado del sillón, intentando ignorar la necesidad de quedarme viendo a la hermosa mujer en la cama. Conocí a Allison hace más de un año y nunca dejé de pensar en ella. Y ahora que estamos aquí, en la misma habitación, ella es como un haz de luz. Demasiado hermosa para mirarla directamente, pero igual me atrae como una polilla a la luz.

Cierro los ojos pero no puedo escapar de su aroma. Huele a pastel de fruta y sidra de manzana, que es lo que cenamos. El pastel estaba húmedo y genial y muy sustancioso. Parece que el hermano de Bern, Everest, lo dejó aquí, lo que explica el fuerte aroma a hombre-oso en el repasador en el que estaba envuelto el pastel.

Pero ahora se ha diluido el aroma ante la supernova que el hermoso olor de Allison. Mi búho se quedaría mirándola por horas si lo dejara.

No puedo hacerlo. Probablemente ya crea que soy un raro.

—Lawrence, —me susurra Allison y casi me da un infarto.

Está despierta y toma la manta junto a ella.

Me doy cuenta de lo que quiere y la piel se me calienta como si estuviera demasiado cerca del fuego.

—No puedo dormir así. ¿Me abrazas?

Ay. Ayyy.

Es real. He muerto y llegado al cielo.

Dejo el sillón y me acerco a ella. Debo agacharme bajo el techo inclinado. Ella se puso un pijama de pantalones cortos de seda dorada y una camisola, con un chal para el pelo que hace juego, y ver su piel desnuda es demasiado para mí. Se me para el pene dolorosamente, apretando contra los vaqueros. Me detengo un momento, intento que baje la erección.

—¿Estás bien? —Su dulce voz casi me hace acabar.

Inclino la cabeza y me siento con cuidado junto a ella en la pequeña cama de una plaza. Pongo los brazos a mis lados, asegurándome de no tocarla.

Funciona hasta que suspira y se gira hacia mí, presionando su cuerpo perfecto contra el mío. Trago saliva e intento pensar en béisbol.

—Gracias, —dice—. Estoy cansada pero alerta. Me pongo así después de expandir mi energía de esa forma, para pedir ayuda.

—F-f-fue g-g-genial. Lo q-q-que hicis-s-ste.

—Parker no creía que fuera a funcionar. Tampoco estaba segura por un momento, pero luego llegaron los hombres-oso.

—T-t-tú los llam-m-maste a nos-s-sotros.

—Supongo. Funcionó. Mi animal prefiere no pelear.

¿Cuál es tu animal? Las palabras se pegan a mi lengua. Ella podría mantenerlo en secreto por algún motivo. Podría ser como Parker, una mezcla híbrida de animales que ni él puede descifrar.

Dejaré que me cuente cuando quiera hacerlo.

Se acerca más a mí.

—Gracias, —me dice y luego agrega, en un susurro tan suave que apenas puedo oírlo con mi escucha de transformista—. Me haces sentir a salvo.

Inclino la cabeza y rozo mi cachete con sus rizos oscuros y perfumados. Quiero abrazarla, pero esto es lo más cerca que debería estar.

Ella se acomoda en mi pecho y toma mi mano para apoyarla en su cadera. Contengo un gemido. No hay nada más que quisiera que moverla hacia atrás y reclamar sus labios.

Pero acomodo mi palma en sus curvas y respiro tranquilo y pausado hasta que su cuerpo se relaja más.

Sus pestañas oscuras se mueven sobre su piel impoluta. Su respiración se ralentiza y sé que ahora duerme. Si fuera más valiente, presionaría los labios contra su cabello. Pero en su lugar, me imagino haciéndolo una y otra vez y dejo que la fantasía feliz me haga pasar la noche.

* * *

Fiona

La luna sube hasta la medianoche. Declan y yo nos sentamos en el piso de la casa del árbol. Ha bajado la temperatura, pero las paredes nos cubren del viento y hay una pila de mantas gruesas de lana y tengo una sobre las piernas para mantenerme caliente. Todavía no tenido el coraje de invitar a Declan a compartirla conmigo.

Pensé en irme y dejarlo con sus pensamientos, pero mi animal no me permite dejarlo. Suele ser asustadiza y enojona con los hombres, pero Declan es diferente. Hay un tinte amargo en su aroma. Me quema la nariz, pero no me molesta. Mi olor también se vuelve más amargo de esa forma.

—¿Entonces tienes planes para las fiestas? —Le pregunto.

—¿Qué fiestas?

—Te entiendo. Desde que los esclavistas nos encerraron no he celebrado mucho las fiestas.

—¿Qué razón hay para celebrar?

Es tan desolador que me lastima el corazón.

—Mierda, —murmuro.

Declan respira profundo.

—Mierda, lo siento, jovencita. Estoy de mal humor.

—No me digas.

Pero hay algo en su perfil que me hace querer poner la mano en su mandíbula y reconfortarlo. Tampoco me molestaría estar piel con piel con él.

Él saca su petaca y bebe un sorbo. Me ofrece y la tomo

pero no bebo. Sus huellas dejaron un aroma impregnado de whiskey sobre el metal y solo necesito olerlo para tomar coraje.

Cuando se la devuelvo, nuestros dedos se tocan y me recorren escalofríos.

Ahora o nunca.

—¿Sabes qué necesito? —Digo lo más casual que puedo.

—¿Qué?

—Una buena cogida fuerte. —Muevo las caderas bajo la manta.

Se ahoga cuando está tragando.

—Ha pasado un tiempo. Desde... —Dejo de hablar. No es necesario que diga «desde que me llevaron los esclavistas». Lo entiende.

Tose un par de veces para aclararse la garganta.

—Para mí también.

—¿En serio?

Se encoge de hombros.

—Eso es bastante tiempo.

Él fue tomado por los esclavistas y vendido a una empresa llamada Data X hace bastante tiempo. Más que un par de años.

—Dímelo a mí.

Miro la luna. Su aroma todavía se pega a mis labios. Lo imagino sobre mi piel y mi cuerpo empieza a doler. Una necesidad punzante y placentera late entre mis piernas.

En un impulso de energía, empujo la manta y me siento encima de él; mis manos encuentran sus hombros robustos.

Luego me congelo. Sus ojos brillan un verde resplandeciente.

—Esta es una mala idea, jovencita.

Pero sus manos van hasta mi cintura. Tengo puesto mi típica chaqueta de cuero corta y negra y vaqueros negros de pierna ancha. Uno de sus pulgares roza cuando mi piel desnuda y tiempo de placer.

—Podríamos olvidarnos de todo eso. Sólo por esta noche.

Me acerco y hago lo que he querido hacer desde que lo conocí. Me froto contra su sien, inhalando su aroma intenso; lego toco la punta de su oreja con mi lengua.

Su respiración se entrecorta. Su pene se endurece, dándome un lugar donde mecerme.

—¿Sólo por esta noche? —Su voz es gruesa—. Mejor que valga la pena.

Me toma con más fuerza de la cadera, poniéndome totalmente sobre el bulto en sus vaqueros. Justo en la punta de su miembro duro.

Me muevo hacia abajo y me froto contra él. Tan solo este movimiento sería suficiente para hacerme acabar. Muevo las caderas hacia adelante y atrás, fregando más y más fuerte hasta que me detiene.

—Tranquila, jovencita. Tenemos toda la noche.

Claro. Asiento, jadeando.

Sonrío, abro mi chaqueta y tiro de mi camiseta corta hacia arriba. Llevo un sostén negro básico, pero los ojos de Declan se encienden como si fuera una modelo de lencería. Arqueo la espalda un poco para mostrarle los pechos. Son pequeños pero bien curvos.

Luego recuerdo las cicatrices. La luz de la luna que entra por el costado abierto de la casa del árbol las muestra con claridad: las marcas de cortes hechas por una mano descuidada.

Dedos alrededor de mi cuello, apretando, humo hostil de cigarrillo sobre mi rostro, un dolor ardiente en mi vientre. «¿Ahora te portarás bien, ¿no?»

Pestañeo, y vuelvo al presente. La noche está fría y clara y la luz de la luna no es amable con mi piel marcada.

La expresión de Declan se ha vuelto más sombría, pero sus manos se tensan sobre mi cintura, como para tranquilizarme. Su calor me trae al aquí y ahora.

Ahora mi aroma también tiene un tinte amargo.

—Me metí en problemas. —Es difícil lastimar a un transformista, y es muy extraño que tengamos cicatrices. Pero cuando tus secuestradores usan sangre de vampiro...—. Pero estoy bien.

—Lo estás, ¿no? —Me sostiene la mirada; parece entender lo que viví, en quién me convertí como resultado de esa experiencia de mierda. No hay lástima en su expresión, solo aceptación total. Algo que nunca antes viví en este ámbito.

Mi columna se estira, levanto el mentón. Esa sensación de pánico que me suele invadir se evapora bajo el honor que me da Declan.

—Sí. —Los latidos de mi corazón se calmaron. Presiono mi mano contra la suya, moviéndola un poco para que sus dedos toquen mi estómago.

Acaricia la cicatriz más larga. Sus caricias se sienten tan bien que duele.

Nadie más me ha tocado aquí, no desde que me cortaron. Por mucho tiempo estuve muy lastimada, muy herida como para dejar que alguien me tocara. Pensé que se sentiría como que alguien te abriera otra vez, y así es, pero se siente bien. Como abrir una herida para dejar que empiece a sanar.

Declan sigue acariciándome; sus dedos son respetuosos. Y aunque mis marcas sean feas, verlas junto a sus dedos ásperos es insoportablemente hermoso.

—Fue un castigo. Querían marcarme, —le digo—. Arruinarme.

—Les salió mal. Eres realmente hermosa, jovencita.

Me acerco y presiono los labios sobre los suyos para que se calle. Sabe a whiskey y noches frías y secretos, y gimo un poco, retorciéndome más cerca de su calor para poder saborear más.

Nos besamos un rato, las lenguas enredándose. Quiero lamerlo por completo.

—Está bien. —Se saca la camisa. Me toma un momento darme cuenta de lo que me está mostrando. Su pecho es puro músculo, bien formado pero con cicatrices en algunos lugares, con largas uniones levantadas donde un cuchillo o bisturí lo cortó.

También tiene cicatrices.

—¿Puedo? —Espero hasta que me deje tocar su piel; tiembla y tiene piel de gallina, pero me deja acariciar su piel marcada.

Tengo un impulso de acercarme y darle un beso a la piel irregular.

Él tiembla.

—Fiona... —Toma mis mejillas y me guía de nuevo a mirarlo. Es su turno de besarme, de distraerme de tocarlo en un lugar que es demasiado vulnerable.

Sus bigotes raspan mi rostro. Bajo su cabeza hasta mis pechos, necesito que me raspe la piel sensible, el dolor que se contraponga al placer abrumador.

Busco sus vaqueros.

—Tienes mucha ropa.

Me acuesta sobre mi espalda para que su boca pueda llegar más fácil a mi piel desnuda. Mis manos están ocupadas buscando el botón de sus pantalones. Deja de besarme los pechos para ayudarme. Una vez que bajo su cremallera, lo empujo de encima de mí para sentarme sobre él otra vez. Rodamos sobre las hojas y no nos importa.

Me saca el sostén, levantándose para chuparme los pezones. La sensación me recorre, tan deliciosa, y tomo su cabeza para mantenerla en un lugar. Me muevo hacia abajo sobre su miembro desnudo.

—Te necesito adentro.

Él gruñe y la vibración casi me hace acabar. Lo busco, tomando el largo con la palma y masturbándolo. Ya está duro y listo y estoy lo suficientemente empapada para tomarlo.

Tira de mis pantalones y me levanto para que los baje con cuidado. Es incómodo, así que lo dejo girarnos otra vez para que pueda bajarlos por mis piernas. Me los termino de sacar, arrojo mi ropa interior y lo empujo contra su espalda. Para esto necesito estar arriba y me deja, moviendo las manos por la parte de atrás de mis muslos como para calmarme.

Me retuerzo hasta que está en mi entrada, pero cuando intento que entre despacio está demasiado apretado.

—Ay mierda, —jadeo.

—Tranquila, —murmura—. No estoy apurado.

Hundo las uñas en sus hombros.

—Lo quiero, —me quejo. Ni bien me estiro un poco más, empujo hacia abajo.

—Ahhh, —gemimos ambos a la vez. Él se frota contra mi rostro, mordiendo mis labios. Sus manos toman mi trasero, sin empujar, solo sosteniéndome. Muevo las caderas y me hundo un poco más.

Estamos pecho con pecho. Pongo el rostro en la curva entre su cuello y hombro y me permito ajustarme a él.

—Qué bien. —Me rechinan los dientes, pero no tengo frío.

Me acaricia el cabello.

—Sí, jovencita hermosa. Eres una maravilla.

Muevo el rostro para besar su mandíbula. Él encuentra mis labios y nos besamos así, suave y tranquilo, mientras su miembro se agranda más dentro de mí. Eventualmente puedo dejarlo entrar más y cuando se mueve, frota contra mis paredes internas con la presión perfecta.

—Ay, sí.

Empuja un poco y me balanceo sobre él. Toma un par de intentos, pero encontramos un ritmo, adelante y atrás, adelante y atrás, hasta que su pene llega a un lugar profundo dentro de mí y el placer me inunda.

—Sí, —gruño—. Otra vez.

Ahora ambos estamos de costado, mirándonos. Envuelvo su cadera con una pierda y él toma mi rodilla, subiéndola más alto. La posición de lado no debería funcionar, pero nos mecemos en perfecta sincronía y es justo lo indicado.

Llega a otro punto y hundo las uñas en su espalda.

Sus ojos brillan un verde salvaje y resplandeciente.

Me duelen los dientes, los colmillos se vuelven más afilados. Mi animal está cerca de salir a la superficie, llevándome al hombro desnudo de Declan para morderlo. Entierro el rostro en su camisa y respiro más su aroma.

Él empuja profundo y la presión combinada con el pesado aroma agridulce me hace volar. Su camisa tapa mi grito. Encima de mí, él de repente lanza un grito ahogado y me sigue por el precipicio. Su miembro va incluso más profundo cuando acaba, despertando una ola de temblores que me dejan estremeciéndome en sus brazos. Él me inclina hacia atrás, besándome con locura: las mejillas, el pecho, la mandíbula. Se queda un momento con los labios sobre mi cuello, o eso me parece, pero eventualmente vuelve a mis labios y nos besamos lento, dulce, mientras su erección se vuelve más blanda dentro de mí.

Él busca otra manta para cubrirnos. Es pesada y rasposa y perfecta, atrapa nuestro calor febril para que estemos completamente calientes. Declan me envuelve en sus brazos y me acurruco más cerca. Nunca me hubiera imaginado que le gustaría acurrucarse.

Mierda, nunca me hubiera imaginado que *a mí* me gustaría acurrucarme.

—Eso estuvo bien.

Él resopla y corrijo mi afirmación.

—Más que bien. Su peso cálido junto a mí se siente tan bien.

Le sonrío a las estrellas. Se siente el frío en el aire nocturno, pero está acogedor bajo la manta.

—Es hermoso aquí arriba. Pensé que sería extraño con todos los hombres-oso alrededor, pero no está tan mal.

—Pensé que estarías viviendo cerca de la manada de Tucson. Más segura.

Me encojo de hombros.

—Preferimos un área menos urbana. Al menos yo, y a Allison no le molesta.

Él no dice nada, pero quiero contarle más.

—A mi animal no le agrada estar cerca de la mayoría de los transformistas. No confía. Mi manada anterior me vendió a los esclavistas.

—Malditos.

—Sí. —Largo una larga bocanada de aire húmedo. Nunca antes le conté esto a alguien, pero es fácil hablar con Declan—. Supongo que no encajaba tan bien como pensé.

Él está callado, pero siento que entiende lo que es no encajar.

—¿Qué hay de ti? —Le pregunto—. ¿Ustedes son parte

de alguna manada?

—No. Nos mantenemos separados.

—La seguridad está en los números, —lo reto en broma.

Levanta una ceja negra y tupida.

—Podría decirte lo mismo, jovencita.

Gruño. Tiene razón. Allison y yo estaríamos más seguras en una manada. Pero incluso si encontraba transformistas en los que confiara, ¿qué clase de manada nos aceptaría? Los lobos de Tucson son buenos, pero no encajamos realmente. Nuestros animales notan la diferencia entre tolerancia por lástima y aceptación real.

Desearía poder ser como los hombres-oso. Tienden a ser solitarios, pero sus animales son tan violentos y gigantes que la seguridad no es un problema. Ni siquiera los vampiros se meten con los hombres-oso.

Mi animal hace puchero, así que pienso en otra cosa.

—¿Entonces qué quieres para Navidad?

—¿Por qué? ¿Serás mi Santa sensual? ¿Harás que todos mis sueños se vuelvan realidad?

Hago que mi voz suene grave y entrecortada.

—Puede ser...

Él inhala de pronto y el aire frío se colma de una dulzura de almizcle.

—Desearía que nevara.

—Hace el frío suficiente. Si fuera peor, no estaría aquí afuera contigo. ¿No te pone contento que saliera?

—Sí, jovencita. Creo que lo sabes. —Se mueve un poco y su miembro choca contra mi pierna.

Levanto las cejas.

—¿De nuevo?

Se ríe otra vez y el delicioso sonido hace que mi interior se retuerza.

—¿Por qué no?

Capítulo seis

Declan.

El problema con dormir afuera es que te levantas al amanecer. Por desgracia, Fiona se despertó primero y no está por ningún lado. Su aroma me guía hacia la cabaña, así que imagino que se ha ido a algún sitio más cálido.

Qué mal. Mi pene está listo para otra ronda.

Solo una noche.

Es mejor que no se haya quedado cerca. Tengo los colmillos afilados, listos para dar una mordida de pareja y mi animal está confundido. Quiere saber por qué no la marqué cuando tuve la oportunidad.

Se abre la puerta de la cabaña y Parker sale.

Da un gran espectáculo olfateando el aire y me ubica en la casa del árbol.

—Alguien tuvo suerte anoche.

Lo maldigo.

—¿No estás de buen humor? Tuviste sexo.

—Grítalo un poco más fuerte. No te escucharon del otro lado de la montaña.

59

Me levanto y me quito la manta de encima. La tela tiene el olor combinado de Fiona y el mío y la mezcla casi me pone de rodillas. Quiero doblarla y enterrar el rostro en la manta. Quiero correr hacia Fiona, hundirle los colmillos en el cuello, y marcarla decididamente como mi pareja.

Pero me obligo a doblar la manta con prolijidad.

—Relájate, amigo, —dice Parker—. Te estoy felicitando.

—¿Por qué? Solo estábamos quemando energía. —Bajo por el tronco del árbol hacia el piso nevado.

Parker me recibe.

—¿No... te gusta? —Bajó la voz, pero de todos modos un transformista podría escucharlo si estuviera poniendo atención. Espero que no sea así.

—Sí, me gusta. ¿Pero qué importa? Solo quería algo de una noche.

—¿Pero tú quieres más? ¿Se lo dijiste?

—No. ¿Por qué lo haría? ¿Qué tengo para ofrecerle? Cuando terminemos con esto, volveremos a nuestra existencia miserable y beberemos hasta el cansancio hasta que el rey de los vampiros se apiade de nosotros y nos dé otro trabajito.

—¿Qué hay de las fiestas? Estabas emocionado por la alegría navideña.

—Me equivoqué. Tenías razón. No tiene sentido fingir ser felices. Sólo te muestra lo que eres en realidad. —Pateo un fruto del pino—. Alguien deprimido y solo.

Parker se queda callado. Siento que quiere contradecirme, ¿pero cómo? Si se siente igual.

Me sacudo. Mi sabueso lobo está llorando, y andará tirado y tristón todo el día si se lo permito.

—Debo buscar el auto y algo para desayunar. Luego terminaremos esta maldita misión y podremos irnos a casa.

* * *

Parker

Para mitad de mañana estamos todos despiertos y alrededor del autobús VW recién arreglado. El hermano trillizo Axel hizo un gran trabajo de parche. Alguien incluso humedeció la bola de tierra envuelta en arpillera y el árbol atado al techo luce más vivaz.

Allison, Laurie y Declan entran a la parte trasera y Bern cierra la puerta.

—¿Seguros de que no necesitan refuerzos? —Pregunta Hutch, apoyado sobre el lado del conductor—. Hoy tenemos una prueba de química, pero podemos acompañarlos...

—Ya han hecho suficiente. —Muevo la mano para mostrar el tablero donde el medidor de combustible ahora dice LLENO—. Más que suficiente. Vayan a hacer la prueba.

—¿Seguro? Podemos llamar a un amigo. —Canyon muestra el teléfono—. Tengo a un zorrino en marcado rápido, y déjenme decirles que ha estado comiendo frijoles por días.

—Muy generoso, —respondo—. Pero debo rechazarlo. Dudo que tengamos problemas hoy.

—¿De todos modos, por qué los perseguirían los vampiros? —Pregunta Bern.

—No hay una razón lógica para estar cazándonos, —dice Fiona— a menos que solo quieran causar problemas.

—Quizás no quieren que el Señor F. le dé su regalo a su pareja, —aporta Allison.

—¿Crees que ella lo dejaría por eso? —Pregunta Fiona.

—¿Quién sabe cómo piensa un vampiro? —Respondo—. Políticas de vampiros. Sólo intentar comprenderlo te dará dolor de cabeza.

—Está bien. Si están seguros de que estarán a salvo.

—Hutch da un paso atrás y enciendo el autobús. Media hora después, estamos de nuevo en la autopista que va a Taos.

—Sólo son otros noventa minutos para llegar a Taos al lugar del encuentro, —informa Fiona.

—¿Cómo sabe el Rey Vampiro dónde enviarnos? —Refunfuña Declan. Ha sido un manojo de alegría desde que se despertó esta mañana.

—Hay un localizador en el regalo, —responde Allison—. Y cuando nos acerquemos, podrá sentirlo.

—¿Qué es? ¿El regalo? —Me pregunto en voz alta.

La sonrisa de Allison hace que le brille toda el rostro.

—Ya lo verás.

—Mejor que valga la pena, —dice Declan.

—Así es para el Señor F., —responde Fiona—. Y él paga.

—C-c-creo que es d-d-dulce, —dice Laurie.

—Lo es. El Señor F. haría lo que fuera por hacer feliz a su pareja, —concuerda Allison. Ella se apoya en Laurie, y él se sonroja pero no vuelan plumas y luce más cómodo de lo que lo he visto alguna vez en la vida.

Hacemos silencio, mirando fijo los laterales rosas de las montañas de Sandia, las casas de adobe, los murales de búfalos bajo los pasos elevados. Las millas pasan rápidamente, como arena dorada que cae en un reloj de arena. No es un mal viaje, y lo que sea que Axel le haya hecho al autobús anoche le dio otra vida. Pero entre más nos acercamos a nuestro destino, más se tensa mi animal. Cuando entramos al cañón, nos quedamos sin señal y eso me pone nervioso. Si había algún momento ideal para una emboscada sería este.

Fiona parece compartir mi intranquilidad. Acerca su arma.

—Es bastante estúpido arriesgarse a robarle al rey vampiro. ¿Estamos seguros de que los vampiros están detrás de esto? —me pregunta en voz baja.

—No estoy seguro de nada. ¿Pero quién más podría ser?

La idea me pone nervioso. Llegaremos a nuestro destino cerca de Taos con bastante luz de sobra. ¿Pero podremos recoger el paquete y regresar antes de que llegue el atardecer y los vampiros anden sueltos?

Un coche fúnebre tuneado, negro pero elevado, nos pasa velozmente.

—¿Qué carajos? —Exclama Declan.

—Ese es un vehículo de vampiro evidentemente, —resopla Fiona.

—¿Segura?

—Vidrios polarizados para bloquear el sol.

—Las todoterreno de anoche también tenían vidrios polarizados, —retruca Declan—. Esos tipos eran humanos.

—Los vampiros pueden contratar humanos, —respondo—. Y pagar reemplazos. Son todos ricos.

—Sí, ¿por qué será? —Pregunta Fiona—. No ves transformistas con tanto dinero. No a menos que seas de alguna manada de las viejas dinastías o el Rey Jackson. Y las manadas de dinero viejo de Nueva York.

Levanto las cejas. Sabe más acerca de otros transformistas de lo que hubiera pensado para ser alguien que vive recluida en el desierto.

—Intereses compuestos. Pon algo de dinero en una inversión y espera unas décadas. Luego muévelo a una inversión moderna y hazlo otra vez. Siglo tras siglo, incluso poco interés lleva la inversión original a millones o billones.

—¿Eh? —Dicen Fiona y Declan al mismo tiempo, pero Allison asiente.

—Es matemática, —dice ella para explicarlo.

—Ah, —murmura Fiona.

Tomo el volante con más fuerza. Mi animal odia hablar de vampiros.

Estamos a mitad de camino de subir el cañón cuando las todoterreno negras con vidrios polarizados aparecen detrás y es casi un alivio.

Acelero, pero nos alcanzan y con las paredes de piedra que nos rodean no hay otro lugar adónde ir. A mi izquierda, el sol brilla sobre el río.

Damos la vuelta y el coche fúnebre negro nos espera con dos todoterreno negras más, bloqueando el camino. Estamos atrapados entre eso y las todoterreno de atrás, sin lugar dónde ir.

Giro el volante bruscamente. Las llantas chocan contra la grava y todos se levantan unos centímetros de sus asientos.

Declan murmura unas maldiciones, y Laurie se acaricia la cabeza con las manos mientras Allison lo reconforta.

—¡Espera!

¿Ad-dónde vamos? —La voz de Fiona resuena mientras el autobús choca salvajemente contra las rocas. Estoy deshaciendo todo el trabajo duro de Axel. Incluso si logramos escapar, puede que no sea capaz de conducir mucho más.

Y luego llegamos a la cumbre y a un mirado y eso es todo. A unos metros de nosotros está el borde del precipicio con el fondo de un cielo azul resplandeciente. El camino no continúa, asfaltado o sin asfaltar. Nada más que aire.

No hay adónde correr.

En el asiento de atrás, Allison y Laurie se toman con fuerza. Tanto Declan como Fiona agarran las manijas de mierda sobre la puerta con todas sus fuerzas. Todos ya nos preparamos lo mejor que podemos.

Miro rápidamente a Fiona y ella asiente, tiene los ojos negros con un brillo rojo.

—Hazlo.

No ganamos nada. Empujo el pedal del acelerador hasta el piso. El marcador de velocidad se mueve hasta la zona roja. A toda velocidad, chocamos contra la barrera y zarpamos hacia el azul del cielo.

Capítulo siete

Laurie

Estamos en el aire. Mi búho lo sabe como si supiera que debe estirar las alas y ponerlas de forma que atrapen mejor el viento.

Pero ahora no estoy volando como se debe. Estoy atrapado en la parte de atrás de este autobús, doblado a la mitad. Allison se acurrucó en mi regazo y estoy cubriéndola, el rostro enterrado en su cabello perfumado.

Si muero, moriré rodeado por su aroma. Es la mejor manera, pero no ahora. No así.

Siento una sensación en el estómago, de caer, y luego un gran golpe cunando las llantas del autobús hacen contacto con las rocas. Mi cabeza choca contra el asiento que tengo en frente y Allison llora. Toma mi pierna con más fuerza y hago lo mejor que puedo para evitar que se golpee cuando el autobús cae por las rocas bajando por el precipicio y golpeando cada una y cada arbusto en el camino.

—¡Siiiiiiiiiiiiiiii! —Alguien grita, exclama. Son Declan y Fiona. La voz de Declan se puso un poco más aguda que la de ella.

Llegamos al fondo y las puertas se abren de golpe. Fiona y Declan caen hacia afuera. Medio llevo, medio tiro de Allison para que también salga. Se oye un ruido agudo que me hace pensar que explotará.

La parte de adelante del autobús está abollada. Los gases escapan por debajo de la cubierta.

—¿Están bien? ¿Algún hueso roto? —Grita Declan.

—Gritas como niña, —murmura Fiona, frotándose los oídos.

—¿B-bien? —Le susurro a Allison.

—Sí. —Se frota el cuello—. Solo fue la sacudida. Es difícil lastimar a un transformista.

Parker se acerca rengueando hacia nosotros, con el sombrero en la mano. De su frente cae sangre, pero se la limpia y su piel ya se está cerrando.

Fiona se le acerca.

—Parker, ¿qué carajos? ¡Nos lanzaste por un precipicio!

—¿Qué se suponía que hiciera?

—¡No intentar matarnos!

—¡Ellos intentan matarnos! —Parker señala el coche fúnebre aparcado en la cima del precipicio—. Teníamos que escapar.

—Ahora arruinamos el autobús. —Fiona patea una llanta y el parabrisas roto se quiebra aún más.

Al lado del coche fúnebre han llegado más todoterrenos. Tienen las puertas abiertas.

—Em, ¿chicos? —Nos llama Allison, apuntando a nuestros perseguidores. Formas oscuras bajan de las todoterreno y se dirigen al borde del mirador. Están buscando la forma de bajar hacia nosotros—. Se acercan.

—Mierda. Debemos irnos rápido.

—¿Adónde?

—Ella me aprieta.

—Laurie —grita Parker—. ¿Puedes transformarte? ¿Puedes poner a Allison a salvo?

Fiona voltea rápido la cabeza.

—¿Puedes hacer eso? ¿Transformarte?

Abro la boca, pero no me sale la voz. Para nada.

—Ey, —dice Allison—. Podría volarme a mí misma si quisiera hacerlo. No los dejaré.

Fiona la ignora.

—Hazlo, —me gruñe, una luz roja brilla en sus ojos—. Sácala de aquí.

—¡No puede hacerlo bajo órdenes! —Le responde Declan de mala manera—. Tenemos que encontrar otra manera.

Mi búho se esconde en mi mente. Miro hacia abajo al rostro de Allison que me observa. El viento sopla aromas metálicos de nuestros enemigos hacia nosotros.

Se acercan. El autobús está destruido. Ahora no hay forma de escapar a menos que pueda transformarme y salir volando de aquí.

Tengo que hacerlo. Es la única forma.

Estiro la mano, intentando sacar plumas. Pero mi búho no sale.

Allison descansa su mano sobre mi corazón,

—Está bien, Laurie, —susurra. Es tan buena; me perdona por no hacer nada para salvarnos.

Pero cuando me toca así, siento que puedo hacer lo que sea.

Mi búho pestañea con sus gigantes ojos. *Tenemos que hacerlo, le digo. Es la única forma de mantenerla a salvo.*

Quiere retraerse. Tiene miedo, ha tenido miedo desde el día en que se despertó tras barrotes de plata en el laboratorio de Data X.

Ya no estás en una jaula. Eres libre. Y ella te necesita.

69

Los escalofríos me recorren la espalda. En la oscuridad profunda de mi psiquis, mi búho sacude sus plumas.

Está listo.

Tomo con fuerza la mano de Allison, beso el dorso. Luego me incorporo, me saco los lentes gruesos y se los paso.

Ella asiente con solemnidad, entendiéndome.

—Los protegeré.

Fiona tiene la escopeta en alto y está observando por la mira. Declan y Parker la rondan y discuten en voz baja.

—Ent-t-tren al aut-t-tobús, —ordeno. Allison no abandonará a sus amigos, así que tengo que volarlos a todos.

Parker parece dudar. Declan abre la boca para discutir. En el precipicio, las formas están saliendo de las todoterreno y comienzan a bajar por el acantilado, arrastrándose como hormigas negras.

—¡A-a-ahora! —Grito, se callan y se apuran en obedecer.

Retrocedo, cierro los ojos e imagino el rostro hermoso de Allison. Levanto los brazos. A la distancia, un arma dispara. El enemigo nos está disparando.

¡AHORA! Llamo a mi búho... Y viene. El Cambio me invade, suave pero rápido, desatándose como una nube de tormenta. Mi forma crece, arrancándome la ropa. La comezón baila bajo mi piel y cada poro crece plumas gigantes. Gruesas y blancas, cubren mis alas gigantes. Enormes y poderosas y perfectas. Con la suficiente fuerza para volar. Todavía tengo miedo, pero si bato las alas con bastante fuerza, puedo volar más alto que el miedo y llevar a mis seres queridos a un lugar seguro. Seré el búho, el rescatista. El héroe que ella necesita.

* * *

Parker

Con una suave bocanada de aire cálido, un búho enorme explota de la forma de Laurie.

El búho bate las alas y se eleva. Nos sobrevuela, su sombra cubre el autobús y el largo de sus alas tapa el sol. Sus garras descienden y toma el árbol de Navidad que está encima del autobús.

Allison se asoma por la puerta, llamándome.

—¡Ven!

Otra gran batida de las alas del búho y levantará el autobús del piso. Abro la boca, la cierro, y me apresuro hasta llegar al lado del conductor, entrando justo cuando las llantas delanteras se elevan unos centímetros del suelo.

Fiona ya está con Allison, a salvo en la parte de atrás, pero Declan está parado a unos metros, con la boca abierta mientras mira al búho batir las enormes alas e intentar ganar altura. El polvo y las piedras vuelan en el viento fuerte.

—¡Declan! —Grita Fiona y él sale de su trance. El autobús flota a unos metros del suelo. Declan se apresura, se tropieza con unas piedras y arbustos, corriendo para alcanzarlo antes de que esté demasiado alto. Salta y las chicas lo toman de los brazos para hacerlo entrar.

Justo a tiempo. El búho ha levantado el autobús lo suficiente como para pasar por la roca más grande. El suelo se aleja, y pasamos por encima de la tierra, una sombra grande y destartalada del autobús, el árbol y el ave gigante de cabeza redonda se desliza por debajo.

Se escucha un raqueteo y me agacho automáticamente.

—Nos disparan, —grita Allison.

—Malditos, —gruñe Fiona. Y toma la escopeta—. Ayúdenme a abrir esta ventana.

Luchan para abrirla y ella apunta. *Pum*, hace su escopeta, dejándome sordo. *Tra-tra-tra*. Devuelve el fuego una ametralladora.

—No logro alcanzarlos. —Fiona vuelve a su asiento—. Están demasiado alejados.

—No importa, —Allison toca su hombro—. Laurie nos volará a un lugar seguro.

Saco el GPS y me asomo por la ventana.

—¡Ve hacia el este! —Le grito al búho. No responde, pero gira de a poco de forma que el sol queda en el espejo retrovisor. En silencio, navegamos. Cada tanto, una pluma gigante cae desde arriba, angelical y blanca, girando hacia el desierto que sobrevolamos.

Capítulo ocho

llison

Llegamos a Taos antes del atardecer. Hay montañas a lo lejos, pero son tan remotas que ninguno hubiera visto un búho gigante volando un autobús VW sobre una meseta cubierta de nieve.

El teléfono de Fiona sigue nuestro avance. Declan está en el asiento de atrás, murmurando para sí mismo y tomando sorbos de su petaca. Estar en las alturas no le agrada.

Yo podría volar así para siempre. Las alas del búho son suaves, crujen encima nuestro. Y el mundo está invadido por este aroma dulce de algodón.

Es increíble. Ni bien Laurie nos baja, le digo cómo me siento con él. Me ha costado abrirme con algún transformista que no sea Fiona, pero puedo ser valiente.

—Estamos cerca de las coordenadas que el Señor F. nos dio, —dice Fiona—. Es más adelante. —Señala un campo.

Puedo sentir criaturas en la tierra, desde el ratón más diminuto hasta las águilas que persiguen las corrientes de aire encima nuestro.

—Bájalo, —le grita Parker a Laurie. Unos minutos después, el autobús choca despacio con el suelo. Fiona se apura a abrir la puerta del autobús y la sigo de cerca. Corremos hacia el búho que acaba de aterrizar cerca. Las plumas se encogen y desaparecen cuando Laurie vuelve a transformarse.

—Oh, —Fiona frena de golpe. Miro a mi alrededor y mis ojos se abren.

Laurie está desnudo. Muy alto y flaco, con músculos marcados que recorre su torso y sus extremidades elongadas. Su cabello está de punta y sus ojos bien abiertos.

Parker le pasa un sombrero, y Laurie lo usa para cubrir su pene. Qué mal. Me gustaba la vista.

—Mierda, Laurie, —dice Fiona—. Eso fue sorprendente. Todos lo rodeamos pero no lo tocamos, en caso de que su piel esté sensible por cambiar de hombre a ave y de nuevo a hombre.

Termino mirándolo y poniéndome de puntas de pie para poder volver a ponerle sus lentes enormes en el rostro.

—Lo hiciste, —susurro.

Me observa. Sus pestañas parecen más largas. Hay un poco de pelusa pegada a una de ellas.

—¿Cansado? —Le pregunto. Su cabeza cae para asentir, y luego cuelga allí como si su cuello ya no pudiera sostenerla. Me quedo cerca y cuando pone su brazo a mi alrededor, me relajo. Está bien.

Mi héroe. Mi animal es muy tímida, pero está asomándose, disfruta del marcado aroma a plumas del búho de Laurie.

Declan le arroja una manta y él se la envuelve como una toga.

—¿Entonces dónde estamos? —pregunta Declan.

—En las coordinadas que nos envió el Señor F., —dice Fiona.

—¿Entonces dónde está el regalo?

—¿Cuál es el regalo? —Vuelvo a preguntar—. ¿Un coche? ¿Un reloj? ¿Una estatua gigante de él?

—O un consolador gigante, —se burla Fiona, y Parker y Declan lucen tan horrorizados que me río.

—A Selene le gustaría, —respondo y Fiona y yo nos matamos de risa. Estamos cansadas de dos días de persecución, sin mencionar el vuelo mágico. Y es obvio que a nuestros amigos los intimida mucho el Señor F. como para pensar en lo que Selene y él hacen en el club BDSM para vampiros.

—Es por aquí, —digo cuando me he calmado. Cruzamos los campos, Fiona lleva mi mochila para que pueda ayudar a Laurie lo mejor posible. Es demasiado alto y delgado para que lo lleve, pero mantengo su brazo alrededor de mis hombros y lo guío cuando se tropieza.

Cruzamos un par de calles de tierra, pero sobre todo seguimos los campos nevados colmados de artemisa. La planta invasiva se extiende por kilómetros, un mar plateado. Un fuerte aroma a hierbas llena el aire.

Cuando nos acercamos más a las colinas rocosas que tenemos adelante, logramos ver un edificio largo y bajo y otro aroma se hace más fuerte.

—¿Qué es ese olor? —Declan olfatea el aire—. ¿Ganado? ¿Ovejas?

—Ciervos, —respondo—. Por aquí.

El sol ha descendido más, convirtiendo el lado metálico del edificio que parece un granero en una explosión de luz dorada. Caminamos hacia ella y cruzamos el último camino de grava. Hay muchas pacas de paja amontonadas en un círculo.

Declan se adelanta para investigar y se queda mirando bien lo que encuentra.

—¡Jesús, José y María!

—¿Qué sucede? —Pregunta Parker mientras corremos a ver lo que creó tal sorpresa en el rostro de Declan.

Es un pesebre con estatuas de tamaño real para las figuras de la natividad y paja real gran control de madera.

—Jesús, —señala Declan—. María y José.

—Ay, por Dios, —Parker sacude la cabeza.

—Exacto.

—Casi llegamos, —digo y los guío a todos pasando el pesebre hacia la cerca pintada de negro.

Parker ayuda a Laurie a saltarla, pero una vez que la pasan, Laurie vuelve a caer al piso y sus ojos se cierran.

Me inclino sobre él y noto la palidez de sus mejillas tensas.

—¿Estará bien?

—Así es. —Declan se agacha y pone una manta a su alrededor—. No te preocupes por él.

—Fue muy exigente para él transformase y volar todo el camino hasta aquí y volver a cambiar, —explica Parker—. Dormirá y estará como nuevo.

—Nos salvó, —agrego, reticente a dejarlo.

—Así fue. Hay un destello de sonrisa alrededor de la boca de Parker.

—Lo hice por ti, jovencita, —dice Declan.

Intento esconder mi propia sonrisa. Su calidez es un pequeño sol que calienta cada parte de mí. Lo que es bueno porque a medida que baje el sol hará más frío.

Fiona tiembla y se envuelve con los brazos.

—Vamos. Entre antes terminemos esto, antes podremos volver a Tucson.

Claro. Ese es mi pie.

—Quédate aquí.

Camino unos metros alejándome del grupo hacia el rebaño de ciervos. Son más pequeños que una mula o un ciervo de cola blanca. Adultos solo alcanzan los sesenta o noventa centímetros. Un par giran la cabeza, mostrando sus pequeños colmillos blancos, incongruentes con sus rostros estrechos.

—Qué carajo, —balbucea Declan.

Levanto los brazos y llamo a los ciervos hacia mí. De inmediato trotan hacia donde estoy y me rodean con felicidad. Se queda a cada lado pero en frente de Declan y Parker. Pueden oler lo canino en mis amigos. Tampoco se acercan mucho a Fiona.

—¿Por qué tienen colmillos? —pregunta—. ¿Son transformistas?

—No. Solo ciervos vampiro. A Selene le parece tierno. —Uno de los ciervos me choca suavemente y le acaricio la cabeza—. El Señor F. encontró este rebaño en un zoológico que estaba por cerrar. Iban a ser vendidos al mejor postor o sacrificados. Encontrará la forma de rehabilitarlos y liberarlos.

—Déjame entender esto, —dice Parker—. El rey de los vampiros compró un conjunto de ciervos vampiro...

—Un rebaño de ciervos vampiro, —lo corrijo—. O un conjunto de cérvidos.

—Un rebaño... ¿porque a su pareja le parece que son tiernos?

—Sí.

Parker se pasa la mano por su grueso cabello gris, murmurando algo sobre «malditos vampiros dementes con más dinero que Dios».

—¿Y ahora qué? —Pregunta Fiona.

—Tenemos que cargarlos en el remolque y llevarlos a Tucson.

—Iré a conseguirnos algún tipo de vehículo, —dice Declan.

—Iré contigo, —agrega Fiona y apoya mi mochila junto a mí.

—Los esperamos aquí. Cuidaré a Laurie y, —Parker hace una mueca— a los ciervos.

Acaricio a un par de ciervos más y dejo que el aroma de mi llamado se disperse un poco. Cuando sea hora de cargarlos en el remolque, me aseguraré de que vengan libremente y los pondré a dormir durante el viaje. Fiona dice que soy mejor que un calmante.

Parker vuelve al pesebre donde duerme Laurie y se cubre del viento. Me acomodo a su lado, cubriéndolo con la manta. Ahora hace frío. La temperatura bajó varios grados.

El atardecer mancha el cielo.

Algo aúlla a poca distancia. Un coyote. Los ciervos levantan la cabeza y se sorprenden, corren hacia el otro extremo del campo.

—¿Qué es eso? —Parker levanta la cabeza y mira adormecido hacia el granero. Me doy cuenta de que estaba dormido. Anoche se quedó en la silla con el sombrero que cubría su rostro. Pensé que entonces dormía, pero no puede haber sido cómodo.

Hay un leve ruido dentro del granero. Es probable que sea un ratón o algo así. Pero entonces, un aroma frío y térreo nos alcanza.

Parker se para al instante.

—¿Qué es? —Pregunta. Los escalofríos recorren mis brazos. Mi animal sabe que algo está mal, pero no qué.

—Vampiros, —dice, justo cuando dos formas oscuras salen de las sombras y se acercan, difusas, a nosotros.

Capítulo nueve

P_arker_
Nos dejaron ver que venían. Pueden moverse tan rápido, nunca sabrías que estuvieron allí si no se mostraran.

No importa. Ni bien me di cuenta de que estaban cazándonos, la cacería acabó.

Sanguijuelas sádicas. Son como gatos. Les gusta jugar con la comida.

Ahora se me parte la cabeza y mi trasero se siente moreteado. Nos pusieron algún tipo de droga. Me siento y me choco la cabeza con los barrotes de la jaula. Un gemido escapa de mi boca; mi animal se está volviendo loco. Automáticamente subo la mano, tomo la barra y el metal me quema la mano.

—¡Mierda!

—¿Parker? —se escucha la voz de Allison.

—Por aquí, —susurro—. ¿Estás bien?

—¿Sí? Sin contar que nos durmieron y me desperté en una jaula plateada. —El plateado significa que quien sea que nos atrapó buscaba transformistas. Miro la oscuridad.

Las motas de polvo flotan en el aire y el espacio huele a paja. Estamos en el granero largo y bajo. Allison se sienta en otra jaula; su falda se mueve cuando se gira para mirarme—. ¿Dónde está Laurie?

—Está aquí. Conmigo. —Ella se recuesta y veo la forma estirada de Laurie. Su cabeza está en el regazo de ella y sus piernas largas son tan largas que salen entre los barrotes. Por suerte las barras son lo suficientemente anchas; sus gemelos desnudos no tocan el metal.

Laurie sigue dormido, pero es probable que no sea por la droga. Volar lo agotó. Y es algo bueno. Su búho estaría enloquecido con todo esto.

—¿Qué está sucediendo? —pregunta Allison.

—Las sanguijuelas nos atraparon. —Pruebo con otra barra y me quemo la punta de los dedos otra vez.

—¿Por qué nos quieren?

—No tengo ni idea. —Mi animal se retuerce. Volver a las jaulas con la plata que nos quema. Luego vendrá el laboratorio que huele a químicos fuertes y nos quema la nariz. Y luego las luces brillantes, las esposas de plata, los bisturíes...

Me doy cuenta de que mi animal está llorando y me tapo la boca.

—Crees que Declan y Fiona...

—Shhh, —le advierto, señalando afuera del granero. Podrían estar escuchando. Los vampiros podrían no saber acerca de Declan y Fiona, y no quiero alertar a nuestros captores de su existencia.

La puerta del granero se abre y nos golpea un viento frío. Algo se mueve en las sombras y pongo la espalda contra el lado más lejano de la jaula. Mi corazón salta en mi pecho y aprieto los dientes para no gritar.

El vampiro es un hombre delgado y de mejillas cadavéricas, más o menos de mi altura. Tiene puerto un traje de gamuza marrón como de los 70. Con pantalón acampanado y todo.

—Despertaron, —dice y la puerta del granero se abre aún más. Un segundo vampiro se une al primero. Este lleva un traje de noche anticuado con un lazo de encaje en la garganta.

—Excelente. —Se inclina para observarme—. Sabía que te enviaría a ti. Mi plan funciona a la perfección.

Un sonido horrible resuena por el granero, desestabilizándome. El vampiro acaba de reír.

—¿Qué pasa, Charles, esa es tu risa malvada? —le pregunta el vampiro que parece un extra de Fiebre de Sábado por la Noche.

—Lo es. —El vampiro que está vestido como un dandi victoriano suena encantado—. ¿Te gusta, Jenkins? He estado practicando.

—Ah sí, muy linda.

¿Qué carajo?

—¿Qué quieren de nosotros? —pregunta Allison con valentía. Quiero chillar y decirle que no hable, pero no puedo mover la mandíbula. Ni ningún músculo.

—Los hemos estado siguiendo desde que salieron de Tucson, —dice Jenkins—. Ya era hora de que salieran de la protección del Rey Louis.

—¿El Rey Louis? —Repite Allison—. ¿Te refieres al Señor F.? ¿El Rey vampiro?

—Sí, —gruñen ambos vampiros al unísono.

Allison me mira rápido y puedo ver que se pregunta qué quieren decir con «su protección». Aflojo el cuello lo suficiente como para mover decididamente la cabeza.

—Tiene sentido que los mantuviera cerca, —reflexiona el vampiro llamado Jenkins—. Ya que son la clave de su caída.

—¿Caída? —pregunta Allison—. ¿Yo?

—Tú no. —Charles me señala—. Él.

Vuelvo a alejarme, pero no puedo hacerme una bola más pequeña de la que ya formo.

—Y el búho. Sólo nos falta el irlandés, pero espero recogerlo pronto. Luego habremos reunido todo el comité de expertos.

¿Comité de expertos?

Los vampiros voltean para mirarme con sus ojos muertos y opacos y me doy cuenta de que dije lo que pensaba en voz alta. Mis omóplatos intentan escabullirse por los barrotes, pero no hay adónde ir.

—Sí, —dice Jenkins—. El comité de expertos de funcionarios altamente entrenados.

Hay una larga pausa en la que los vampiros se ríen con felicidad, pero estoy demasiado confundida como para aterrarme.

—Perdón, —dice Allison con una pequeña señal de sus manos—. No debo haber escuchado correctamente. ¿Dijo «comité de expertos de funcionarios altamente entrenados»?

—Sí. —Jenkins frunce el ceño.

—Y se refería a... ¿Parker, Declan y Laurie? Sólo quiero estar segura. Sin ofender, Parker.

—Para nada, —le respondo.

—Sí. No pueden engañarnos. Sabemos que su total ineptitud es solo una actuación. —Charles nos señala a ambos—. Es bastante ingeniosa, en realidad. Se comportan como unos idiotas, pero cuando se activa su modo de asesinato, son hábiles y malvadas máquinas de caza.

—Modo de asesinato, —repite Allison, con la cabeza inclinada hacia un costado.

—Sí. Todo está aquí, —Charles muestra un manojo de papeles, una pila blanca de impresiones del grosor de mi muñeca. Otra risa malévola, más larga y resonante que la anterior.

—¿Puedo leerlo? —pregunta Allison. Los dos vampiros se miran, se encogen de hombros y le pasan la pila. Frunce el entrecejo mientras estudia el encabezado de la página.

Los vampiros se quedan anormalmente inmóviles. Escucho con cuidado el murmuro lejano del motor de un auto.

—Alguien viene. Probablemente el irlandés. Jenkins, ¿serías tan amable?

—Por supuesto. —Jenkins asiente con la cabeza y desaparece.

—El momento es ahora, —dice Charles—. Hemos esperado esta oportunidad por meses y ahora ha llegado.

—Espera, —lo llama Allison—. ¿Qué quieres de ellos?

—Nos ayudarán a matar a Lucius Frangelico.

Declan.

Hemos vuelto al sitio de los ciervos un poco pasadas las seis, conduciendo por el campo oscuro con las luces del auto rebotando mientras pasamos por el pasto.

Con Fiona a mi lado, robamos un auto decente en tiempo récord. Nunca había visto a alguien encender un camión tan rápido. También anotamos la dirección para poder devolver el dinero que pague nuestro robo. No tenemos dinero, pero el Rey Lucius lo cubrirá.

Apenas puedo pensar con Fiona en el asiento delantero, sus zapatos negros pesados contra el tablero. El vehículo está colmado del aroma de un hermoso cuarto de libra con queso y una porción de aros de cebolla que te hacen agua la boca. Como no tuvimos tiempo para cenar, el aroma es todo de ella.

Quizás debería comerla a *ella* para la cena.

—¿Declan? ¿Estás bien?

—Em, sí. —Me limpio la boca, controlando que no quede saliva—. ¿Por qué?

—Tu animal ha estado gruñendo la última milla.

—Ah. —No me molesto en chequear cómo está. Mi sabueso lobo está alzado—. Ignóralo. Siempre lo hago.

—No deberías ignorar a tu animal. —Ella olfatea el aire—. Es algún tipo de perro, ¿no?

—Un sabueso lobo irlandés.

Casi del todo. Data X hizo lo mejor que pudo por manipular a nuestros animales.

—Por supuesto. —Ella se acomoda mejor en el asiento, acunando su escopeta más cerca—. Hueles muy bien. A whiskey y abetos.

Su confesión me hace sentir valiente.

—No sé cómo tú siempre hueles a algo frito y delicioso, pero es así. Me vuelve loco.

Ella ríe.

—Como de basureros. Es lo que más le gusta a mi animal.

—¿Y tu animal es...? —Pregunto pero se incorpora y mueve la mano para detenerme.

—Shhh. ¿Qué es eso?

Busco en el paisaje oscuro pero no veo nada. A la izquierda está el granero de metal en una esquina del área cercada, y a la derecha, el rebaño de ciervos en la parte lejana del campo.

—¿Qué es? ¿Qué ves?

Detrás nuestros aúlla un coyote. Luego otro y otro. Hace que un escalofrío recorra mis brazos.

—Algo anda mala, —apenas susurra Fiona—. ¿Hueles eso?

Bajo la ventana y saco la cabeza al aire nocturno.

—No...

Fiona abre su puerta.

—Espera aquí.

—Espera, jovencita, no...

Pero ya se ha ido. Estaciono la camioneta y apago el motor. Abro la puerta para bajarme cuando el aroma me golpea: un olor frío y húmedo como moho y un drenaje abierto y bolas de naftalina.

Luego una sombra se me acerca y me saca del vehículo.

Capítulo diez

Declan

Me despierto rodeado de un aroma fuerte y metálico. Me retumba la cabeza y mi sabueso lobo está desquiciado.

Me siento y el mundo se balancea precariamente. Busco algo de dónde agarrarme y el metal que me rodea me lastima.

—Cuidado. Es plata, —me advierte Allison. Ella está atrapada en una jaula a unos metros con Laurie. Hay una pila de papeles blancos en su regazo y parece estar leyendo.

Parker está en otra jaula, con las rodillas dobladas, la cabeza entre las manos.

—¿Qué sucede? —Pregunto.

Parker levanta la cabeza.

—Vampiros. Parece que nos han estado persiguiendo desde Tucson. Deben haber enviado a los hombres en las todoterreno.

—¿Por qué?

—Creen que... creen que somos parte de un grupo elite de funcionarios transformistas, —me dice.

—¿Qué?

—Todo está aquí. Las instrucciones para «activar» las señales ocultas de la hipnosis. —Allison me muestra la pila de papeles cuando sopla un viento oscuro y aparecen dos vampiros. Uno le arranca las impresiones de la mano.

En el techo, el foco de luz titila, iluminando un brillo oscuro sobre nosotros. Me estremezco. Al menos no son las brutales luces fluorescentes de Data X. Ya es suficiente con estar de nuevo en una jaula.

Allison gira la cabeza hacia mí y sus labios quedan ocultos.

—¿Fiona? —Gesticula.

Me encojo de hombros. Sólo espero que Fiona haya escapado.

Corre rápido y lejos, jovencita. Sálvate. Podría llorar como mi sabueso lobo, perder a Fiona, pero es mejor que me deje atrás. Por muchas razones.

—Bien, —dice uno de los vampiros en su escalofriante voz de no-muerto—, ahora que todos están aquí, comencemos.

No quiero, pero me obligo a observar a nuestros secuestradores.

Los vampiros lucen muy extraños. La moda vampírica siempre es anticuada, suele estar atrasada al siglo en el que murieron y se convirtieron. Uno tiene un vestido de noche como de Hugh Hefner y el otro viste como el papá de *That Seventies Show*.

—Es hora, Jenkins. Debes estar atento.

—Entendido, Charles. Comienza aquí, creo. —Se mueven a un espacio abierto en medio del granero polvoriento y ponen atención.

—Pierna izquierda, —indica Charles—. Izquierda e izquierda otra vez. —Saltan al mismo tiempo que Charles da las instrucciones como si estuviéramos en el baile tradicional más extraño. Me reiría, pero es absolutamente horrendo.

Terminan su coreografía y nos miran fijo.

—¿Qué fue eso? —Le pregunto a Allison y a Parker disimuladamente.

—No funciona, —dice Jenkins.

—Por supuesto que no funciona, —respondo—. Por mucho que estemos disfrutando de Baile de Bobos: Edición Vampiros, no estoy seguro de qué carajos hacen.

—Iniciamos su modo de asesinato. Miren aquí, —señala Charles en el papel—. A la izquierda, cuatro veces...

—Eso no es un detonante para el modo de asesinato, —responde Allison—. Es un baile cubano.

—Tonterías, —gruñe Charles y busca a Jenkins—. Debes haberlo hecho mal.

—No fue así, —protesta Jenkins—. Estabas muy rígido. Es el movimiento de caderas.

Repite el movimiento y tiemblo. Que nos secuestren los vampiros era lo suficientemente malo, pero vampiros que insisten en recrear *Rocky Horror Picture Show* con disfraces malos es el verdadero infierno.

—Detente, —dice Charles de mala manera.

—Entonces dame el manual. —Jenkins le arranca los papeles a Charles.

—¡Pueblerino! —Charles saca un pañuelo de encaje de su bolsillo y le pega con él en la mejilla a Jenkins—. ¡No lo necesitas, lo he memorizado!

Discuten y luchan, repiten los pasos del baile «detonante» una y otra vez hasta que Charles arroja el «manual» al piso.

—Esto no tiene sentido.

—Intenté decírselos, —acoto—. No somos lo que creen.

Jenkins gruñe y mi sabueso lobo casi se hace pis encima. Pero no tengo nada que perder. Ya estoy reviviendo mi peor pesadilla, y a juzgar por el aroma ácido que sale de Parker, él también.

—¿O sea míranos? —Me señalo a mí mismo—. ¿Crees que de todos los transformistas del mundo, alguien eligió programar a unos como nosotros para ser asesinos? Apenas podemos alimentarnos a nosotros mismos. En un buen día. ¿No es cierto, Parker?

Se escucha un llanto patético desde la jaula de Parker. Odio arrastrar a mi amigo a esto, pero tengo que hacer que los vampiros lo comprendan. Y el pobre Laurie sigue desmayado.

Qué comité de expertos formamos. Puedo decir con total convicción,

—Piénsalo. Somos los últimos transformistas que elegirían.

—Esa es una buena razón para elegirlos, —dice Charles en su afectado acento británico. Me hace querer darle una buena patada—. Nadie sospecharía.

—Si crees eso, —mi risa es falsa— entonces eres el vampiro más estúpido que hemos conocido.

El rostro de Charles se transforma en la máscara de un monstruo.

—Será mejor que nos den lo que queremos o...

Hay un brillo de luz desde atrás de las puertas y una ligera explosión sacude el granero.

Jenkins aparece en la puerta.

—¡Charles, el coche fúnebre! ¡Está en llamas!

—Rocialo todo, acabo de ponerle un armazón nuevo. Los vampiros desaparecen.

—Fiona. —Allison se pone derecha.

—¿Está aquí? ¿Volvió? —Tengo la voz ronca.

—Por supuesto que sí, —Allison me mira como si fuera un ridículo—. Nunca nos abandonaría.

Se escucha un llanto del animal de Parker. Se está volviendo loco.

—Parker, mírame. —Me inclino contra los barrotes, deseando poder tocarlo—. Vamos a sobrevivir esto. Lo hicimos una vez, y lo haremos otra. —Me levanto, sosteniéndole la mirada—. Eres mi manada. Mi familia. Y te defenderé hasta la muerte.

Hay una pausa y Parker asiente.

—Así es. No moriremos aquí como ratas en una trampa.

—Claro que no. —Allison mueve a Laurie con cuidado para poder pararse—. Pediré ayuda.

Levanta las manos a través de los barrotes y unos segundos después aúlla un coyote.

—Sin ofender, jovencita, ¿pero de qué servirá eso?

—Los vampiros tenían razón en algo. Cuando eres pequeño y débil, nadie sospecha de qué tan rápido puedes hacerlos sangrar.

El sereno poder de Alfa en su mirada hace que se me pongan de punta los pelos de la nuca. Una esencia herbal emana de ella y llena la habitación. Como un sorbo de brandy de manzana, me da fuerza.

—Mierda, Allison, que chica mala, —murmura una voz familiar desde arriba.

Ojos rojos y brillantes nos miran desde la ventana alta del granero. Fiona cae en el suelo y camina con pasos largos hasta llegar a nosotros; sus manos envueltas en vendajes blancos.

—Rápido.

Me paro de inmediato.

—¿Tienes la llave?

Ella se mofa y muestra un largo pin metálico.

—No hay una cerradura que se salve de mí. —Y por supuesto, logra abrir cada una; sus manos protegidas de la plata con sus vendas—. Vamos. Salgamos de aquí.

—¿Qué hay de los vampiros? —Pregunto.

—Están intentando apagar los fuegos que empecé. Pero las distracciones no durarán mucho, así que apurémonos.

La jaula de Parker se abre, pero sigue asustado en su interior.

—Vamos, —lo llamo y niega con la cabeza.

—No puedo. Vayan ustedes.

—No nos iremos sin ti. —Me agacho y lo tomo por los hombros, sacando su cuerpo de la jaula. Una vez que sale de su posición encorvada, algo de luz vuelve a sus ojos—. Estamos bien. Lo lograste.

—Todavía no estamos a salvo. Los vampiros...

—Pensaremos en algo.

—¿Como qué?

—Haremos lo que nos sale mejor. Causar destrozos y caos, con algo de dinamita.

Fiona se ríe.

—A mí me suena bien.

—Laurie, —susurra Allison. Está agachada junto a la jaula para sacudirlo—. ¿Laurie?

Laurie se sienta y por poco no se choca la cabeza con los barrotes. Está despierto pero sigue cansado, dormido, en otro mundo.

Allison nos mira con el rostro afligido.

—No puedo moverlo.

Nuestra oportunidad de escapar disminuye cada segundo. No hay forma en que vayamos a abandonar a Laurie.

—Allison, ¿puedes transformarte? —Sugiere Fiona—. ¿Sacarlo volando? Podemos crear una distracción lo suficientemente larga para que te escapes. —Ella me mira rápido y asiente. Cualquier cosa por Laurie.

—No. —Allison se levanta, elevando los hombros—. ¿Saben qué pienso? A la mierda con estos tipos.

Fiona da un grito ahogado y luego se ríe.

—Mierda, chica. Nunca antes te escuché maldecir.

—Digo que peleemos, —continúa Allison, su voz dulce y melodiosa es firme y decidida—. Juntos podemos vencerlos.

—¿Podemos? —Hago una mueca.

—Sí, si trabajamos juntos. —Allison se agacha y tira de su falda suelta—. Me cansé de ser presa.

—¿Adónde vas? —Fiona suena preocupada.

Allison se saca la camisa y los zapatos.

—Llamé a los coyotes. Están haciendo pis en todos lados, tapando nuestro aroma. —Ella levanta los brazos, y un aullido fuera de este mundo se oye en la distancia. Es aterrador, lo admito, pero los coyotes no son nada contra los vampiros.

—La ayuda está en camino para vencer a los vampiros, —agrega Allison—. Sólo debemos retrasarlos. —Sale corriendo del granero; grandes plumas blancas vuelan de ella mientras lo hace.

—¿Retrasarlos? ¿Hasta qué, el amanecer?

Fiona se encoge de hombros.

—No hay forma de lograrlo. ¿Es tonta? ¿De qué está hablando? —Me pregunto.

Fiona se encoge de hombros.

—Ni idea. ¿Quieres ayudarla?

—¿Cómo? —Dice Parker con vos ronca. Sigue estando pálido, pero al menos está de pie.

—Haciendo lo que mejor nos sale. Causar caos y destrucción.

Miro fijo a las puertas del granero. Detrás de ellas se

encuentran dos de las criaturas más peligrosas de la tierra. Vampiros. Pero aquí hay jaulas de plata, ¿así que qué tengo para perder?

—¿Por qué no? Será una gran obra final.

Fiona tan solo sonríe.

—¿Querían saber cuál era mi animal? —Levanta las cejas y se saca la chaqueta, luego también se quita la camiseta corta. Sus cicatrices brillan plateadas en la luz de la luna.

Me cuesta tragar saliva, congelado por una razón nueva y más divertida.

—Eso.

—Sigue jodiendo y te enterarás. —Ella guiña el ojo y se desabrocha los vaqueros, sacándoselos con las botas antes de desaparecer totalmente desnuda en la noche.

Me apresuro en seguirla, pero una vez que salgo no está por ninguna parte.

Me ahoga el marcado olor a llanta quemada y pis de coyote. A mi izquierda, el coche fúnebre sigue en llamas. Los vampiros se mueven a su alrededor, intentando pensar cómo mojarlo con la manguera que acaban de encontrar. Automáticamente me voy hacia atrás y me tropiezo con algo en la oscuridad. Cuando lo levanto, me doy cuenta de que no es un palo. Es la escopeta de Fiona.

Volteo y la choco contra el pecho de Parker, sosteniéndola allí hasta que él sale de su trance y la toma.

—¿Qué se supone que haga con esto? —me grita.

—¡Dispárale a algo! De preferencia al enemigo. —Me giro para salir corriendo, intentando pensar un plan, murmurando—. Es justo mi suerte que me dispare por la espalda mi propio amigo...

—¡Lo escuché! —Grita Parker, y sonrío para mí mismo. Esperaba hacerlo volver al presente.

—Hagámoslo. —Troto hacia el armazón en llamas que es el coche fúnebre. Espero que alguien tenga un plan porque estoy improvisando.

Los ojos rojos brillan detrás de la cabeza del vampiro. Fiona. Intento mirarla mejor, pero está perdida en las sombras. No sé qué hace, pero cuando la manguera deja de echar agua, y los vampiros miran la salida, me doy una idea.

Jenkins mira dentro de la manguera y comienza a girarse en dirección a Fiona y alguien grita «¡Ey!».

Los vampiros voltean hacia mí y me doy cuenta de que fui yo.

—Ey, —intento otra vez y sale un poco más chillón. Pero tengo que distraerlos de Fiona—. Deben ser los vampiros más estúpidos que hemos conocido.

Ya que estamos en el baile, bailemos.

El gruñido de los vampiros me desencaja.

—Pero, —tomo aliento—. Es hora de que aprendan la lección.

—¿Y qué lección es esa? —Pregunta Charles. Detrás de su cabeza, los ojos rojos pestañean una vez.

—Que nadie jode a mi familia.

Detrás de mí, Parker sacude la escopeta.

Jenkins y Charles comparten una risa malvada.

—¿Y qué vas a hacer? ¿Pelearnos? Apenas puedes caminar derecho. Ríndete ahora y tan sólo te pondremos de vuelta en la jaula.

—Nunca, —gruño.

—Entonces morirás aquí, solo, —resopla Charles—. Y nadie lo sabrá o le importará. Nadie te extrañará. No eres importante. No eres parte de ninguna manada.

—Te equivocas, —le digo—. Somos una manada. Una manada de raros sigue siendo una manada. Estamos juntos.

—Entonces morirán juntos.

Quiero dar un paso atrás, pero Parker está justo detrás de mí ahora. Su aroma familiar, por más asustado que esté, me da fuerza.

—Tal vez. Lo que importa es que nos apoyamos el uno al otro.

—Mátalos, —Le dice Charles a Jenkins.

Y lo que sea que Fiona le haya hecho a esa manguera, lo deshace, haciendo que salga el agua y empape a los vampiros.

—¡Mi vestido de gala! —Grita Charles—.

—¡Esto es gamuza real! —Jenkins intenta limpiar el agua frenéticamente y cuando no funciona, muestra los colmillos en nuestra dirección—. Pagarán por esto.

Moriré de todos modos. Bien podría ser a lo grande.

—¡¡¡Sííí!!! —Grito y me apresuro hacia adelante.

* * *

Parker

Charles se dirige hasta nosotros cuando una forma blanca baja del cielo. Una paloma blanca gigante desciende y corta al vampiro con sus garras, alejándose tan rápido como llegó. Charles se detiene y grita; tiene el rostro entre las manos.

—¡Mi ojo!

—Maldita A., —grita Declan con alegría. —¡Vamos Allison! —Sale a perderse corriendo en la noche. Disparo la escopeta para cubrirme.

Jenkins me gruñe y aparece frente a mí. Veo sus colmillos de cerca antes de que unas garras tomen mi chaqueta y me alejen. La sorpresa casi me hace soltar la escopeta.

—Gracias por el rescate, —le grito a Allison y ella arrulla—. ¿Puedes dejarme sobre el granero? —Arrulla otra vez y bate las alas más alto para dejarme en el techo. Mis botas se mueven sobre el metal, pero vuelven mis reflejos de transformista y puedo equilibrarme en el ápice y levantar la escopeta. Los vampiros son formas difusas que se escurren e intentan encontrar a mis amigos. Disparo una seguidilla, echándome sobre mi hombro e intentando distraer al enemigo.

Un trino suave es mi única advertencia antes de que Allison vuelva a bajar y me levante del techo. Sus garras son lo suficientemente afiladas como para traspasar mi chaqueta, pero me sostiene con delicadeza. Bajo mis pies que cuelgan, Jenkins me gruñe, su cabello húmedo vuela en el viento.

Casi me atrapa. Y cuando un vampiro lo hace, todo terminó. Estos son bastante ineptos, pero siguen siendo vampiros.

—No creo que duremos hasta el amanecer, —le grito a Allison paloma. Estamos luchando, pero no ganando. Y no estoy seguro de que en algún momento tuviéramos ventaja.

Allison me responde arrullando. No sé bien qué me dice, pero suena tranquilizador.

Abajo, Charles está enfrentándose con algo en las sombras. Algo que gruñe y escupe. Charles intenta alcanzarlo, y llora, llevándose la mano al pecho.

—Criatura demoníaca. —Se aleja y Declan lo golpea con la manguera.

En un instante, Charles levantó a Declan del piso y lo ahorca. Las piernas de Declan patalean mientras la mano del vampiro se tensa sobre su garganta.

—No, —grito—. Déjalo ir. —Me retuerzo, intentando liberarme de Allison—. Suéltame, ¡tengo que salvarlo!

Pero no sé cómo. Sin importar qué tanto me acerque o

qué tan rápido corra, sé que no llegaré a tiempo. ¿Y cómo derroto a un vampiro?

A nuestro alrededor los coyotes aúllan. Y un aullido más fuerte y profundo me traspasa. Más fuerte que los coyotes, que el arrullo de la paloma asesina, me pone todos los pelos del cuerpo de punta.

Y de mi garganta sale una risa fuerte de hiena. Una risa que no había escuchado en mucho tiempo.

Mi animal sabe qué sucede. Y está emocionado y aliviado.

—Está bien, Parker, —me grita una voz conocida—. Puedes hacerlo.

Una forma alta y flaca sale de las sombras. La luz de la luna brilla sobre un cabello largo, rubio platinado atado en una coleta.

Es Selene, consorte, sicaria, guerrera y reina del rey vampiro. Ella mueve la coleta para que no la moleste y levanta una ballesta negra y pulcra, apuntándola a Jenkins.

—Aléjate del irlandés y pon los colmillos en alto.

Capítulo once

Parker

De inmediato, Jenkins suelta a Declan y desaparece. Declan camina con dificultad, y Selene aparece a su lado para sostenerlo.

—¿Estás bien?

Él se aclara la garganta y le muestra un pulgar en alto.

Ni siquiera noto que Allison me bajó. Un aroma frío, enmascarado con tonos más intensos de colonia ámbar gris me da una pista. Me sorprendo al mirar el rostro frío de Lucius, el Rey vampiro.

—Hermosa noche para una pelea, —dice el rey en su antiguo acento real.

Mi animal se aleja.

—No debes tener miedo, —dice Lucius y sonríe, mostrándome los colmillos de una forma que probablemente buscara ser reconfortante—. Estás del lado ganador.

Allison sale de las sombras en su forma humana otra vez, con el pecho agitado. Está desnuda por haberse transformado, así que me quito la chaqueta y se la paso.

—Gracias. —Ella se la pone sobre los hombros—. ¿Todo bien?

—¿Era esto lo que esperabas? —Susurro, mirando con los ojos bien abiertos de Selene con su ballesta a Lucius y de regreso.

—Sí. ¿No lo dije?

—Dijiste que hiciéramos tiempo. No dijiste por qué.

—Pedí ayuda, —dice Allison.

Declan cojea hasta donde estamos.

—Pensé que habías llamado a unos coyotes rurales. No...

—inclina la cabeza mirando a Lucius, sus ojos saliéndose de órbita—. Al rey de los vampiros, —balbucea.

—Por supuesto que llamé al Señor F. ¿Quién más puede encargarse de unos vampiros tontos?

Declan y yo nos quedamos mirándonos fijo. Allison llamó al Rey de los Vampiros. Y él vino.

Y trajo refuerzos.

—Por Dios, —murmura Lucius. Declan y yo nos encogemos de miedo, pero no nos habla a nosotros. Está mirando a Selene caminando sigilosamente detrás de Charles y Jenkins, con una mirada de concentración en su hermoso rostro—. Es increíble.

—¿De dónde sacó una ballesta? —pregunta Allison.

Al otro lado del campo, Selene escucha y voltea, tocando la empuñadura.

—Un regalo de navidad de Lucius, —grita—. Vino con estacas reutilizables. —Nos muestra un pulgar en alto.

Trago saliva.

—¿Deberíamos ayudarla?

—¿Y arruinar su diversión? —El Rey de los vampiros arquea una ceja. Su voz es grave y monótona. Como seda mojada sobre una pizarra. Suena algo sorprendido y quizás lo esté. No me atrevo a estudiar su expresión con demasiado detenimiento.

Charles corre alrededor del coche fúnebre. Selene apenas parece moverse. Ella desaparece, solo para reaparecer en frente de él, de pie con una pierna doblada y una sonrisa burlona en el rostro, sorprendiéndolo una y otra vez.

Jenkins corre en dirección opuesta, a través del campo hacia la camioneta que Declan debe haber conseguido antes de que los vampiros lo secuestraran.

—Se está escapando, —dice Declan.

—Espera, —dice Allison.

Jenkins se arroja a la camioneta y cierra la puerta. Puedo escuchar que lucha por poner la llave para encenderla. Se agacha para ver cómo hacerla andar, y detrás de él, unos ojos rojos pestañean en el asiento trasero.

Lo próximo que veo es que la camioneta se sacude de lado a lado. Alguien grita.

—No puedo mirar, —Declan esconde el rostro en mi hombro.

—No puedo dejar de mirar, —murmuro, dándole palmadas. ¿Qué tipo de monstruo de ojos rojos puede hacer que un vampiro adulto chille así?

La paliza termina cuando se rompe el parabrisas con un sonido aplastante. Jenkins cae en el suelo, lleno de cortes y vidrio. Una pequeña criatura oscura sale tras de él. Se para en el capó del auto, cantando y moviendo sus pequeños puños. Con su pelaje gris, cola rayada y máscara oscura alrededor de los ojos, sólo puede ser...

—¿Un mapache? ¿Eso es Fiona? —pregunta Declan.

—Prefiere el término «panda basura», —dice Allison.

—Es tan pequeña. Su animal no es mucho más grande que uno normal.

—Mucho mejor para escabullirse. Pero no la subestimen.

—Oh no lo haré, —Declan suena flechado.

De pronto, un *pap pap pap* nos hace voltear. Selene disparó la ballesta y tres flechas dejan a Charles contra un lado del granero con su vestido de gala. Ella baja el arma y saca una estaca extra de la parte superior de su bota.

Mientras se acerca, Charles mueve la cabeza.

—¿Qué quiere decir todo esto? —Le grita a Lucius—. Exijo que llames a tu perra y me dejes ir.

—No te ayudará, —dice Selene. Se acerca más con la estaca y Charles se pone frenético.

—No tienes derecho a hacer esto. ¿Por qué me has atacado?

—Estás oficialmente acusado de secuestrar a transformistas inocentes y agentes del rey, retrasando su misión. Ah, y de conspirar un golpe vampírico.

—¿Qué? —Digo sin aliento.

—Ah sí, —murmura Lucius, con aburrimiento—. Siempre se trata de matarme.

—No tienes pruebas, —balbucea Charles.

Selene mueve la mano hacia nosotros.

—Tenemos la palabra de estos transformistas.

—Transformistas, —Charles hace una mueca de desdén.

—A quienes considero amigos cercanos, —agrega Selene.

Declan y yo nos miramos. *¿Amigos cercanos?* Quizás se refiera a Allison y Fiona.

—Recapitulemos. Contrataste hombres para seguir a estos transformistas y capturarlos. Cuando eso no funcionó, intentaron de nuevo ustedes mismos.

—Es imposible encontrar un buen servicio en este siglo, —dice Charles con desdén.

—Secuestraste a nuestros amigos, los pusiste en jaulas. E intentaste convencerlos de matar a Lucius. Pero déjame adivinar. —Ella saca una hoja de papel de su bolsillo—. Estas instrucciones para activar el modo de asesinato no funcionaron.

—Ah sí. Jaque y maldito mate, —responde Fiona. Ella camina lentamente hacia nosotros en su forma humana, vestida con vaqueros y botas y una camiseta corta y sacándose la chaqueta.

—¿Qué, qué está sucediendo? —Pregunto—. No entiendo.

—Lucius y yo sabíamos que estaban preparando un golpe. Queríamos aplastarlo, pero necesitábamos que los vampiros actuaran primero. Así que plantamos la idea de que había transformistas hechos para ser lo suficientemente rápidos y peligrosos como para derrotar a Lucius. —Ella mueve el papel—. Y hay un código para hipnotizarlos y que hagan lo que cualquiera les ordene.

—El código, —dice Allison— ¿es un baile cubano?

—Entonces por eso bailaban. —Me froto la cabeza.

—Sí, —se ríe Selene—. Pensamos que vendrían por mí y que podría destruirlos justamente. No teníamos idea de que las cosas fueran a salirse tanto de control.

—Se los dije, no podíamos ser nosotros, —le recrimina Declan a Charles.

Charles luce demasiado enojado como para hablar.

—Eso es... eso es inducción al delito.

—Todo es justo en las guerras de vampiros. —Selene le golpea la mejilla, fuerte, casi una cachetada. Luego hunde la estaca en su pecho.

Hay un grito asustado desde el otro lado de la camioneta. Jenkins se ha puesto de pie. Intenta correr al otro lado del campo, pero Selene aparece en la cerca, esperándolo. Se escucha un ruido húmedo y de succión y él cae. Selene planta la bota sobre la estaca y la hunde del todo.

Lucius suspira como si mirara un video de un cachorro adorable.

—¿Terminaste, luna de mi corazón?

Selene se endereza y se desempolva las manos.

—Todo listo. —Desaparece y reaparece en frente de Lucius, sonriéndole.

Se abre la puerta del granero. Laurie sale, sosteniendo una manta con una mano y frotándose los ojos con la otra.

—¿Q-q-qué est-t-tá sucediendo?

Baja la mano y ve a los vampiros estacados, a Selene y Lucius, y a Allison envuelta en mi sobretodo. Vuelve a mirar todo y se sacude hacia atrás tan fuerte que una nube de plumas explota detrás de su cabeza.

—Relájate, Laurie. —Fiona le muestra dos pulgares en alto—. Ganamos.

* * *

Laurie

Me late la cabeza y el corazón por el olor a vampiro, pero por cómo luce todo, la acción ya acabó. Allison se separa del grupo y se para cerca de mí y su dulce aroma me ayuda.

Selene saca un paquete de algún lado y abre un par de mantas. La tela es lo suficientemente fina como enrollarla en un paquete pequeño, pero se desenrolla en un cuadrado que logra cubrir mi desnudez. Además es suave y cálido.

—¿Cómo llegaste tan rápido? —Pregunta Fiona.

Allison me envió un mensaje anoche. Selene saca una tercera manta para Fiona que tiene mangas cortas. Cuando Fiona la rechaza, Selene se la ofrece a Declan.

—Quería venir entonces, pero Lucius no creía que los hombres-oso fueran a apreciar que llegáramos a su puerta.

Parker resopla, y sé lo que tiene en mente. Una vez me explicó que bajo Lucius y Selene, los transformistas y los vampiros han logrado una tregua cuidadosa. Mantienen la paz ignorándose; de lo contrario, habría peleas amargas con pérdidas fuertes en ambos lados.

—Así que volamos hasta aquí y nos hospedamos en nuestro complejo favorito de Taos. Lucius no quería que viera mi regalo de Saturnales antes de celebrarlo, pero casi es el solsticio, así que... —se encoge de hombros y mira a Lucius—. ¿Estos son mis regalos? —Apunta a un rebaño de ciervos vampiros, con una sonrisa extasiada ilumina su rostro pálido.

—Sí, mi reina. —Lucius levanta el cabello de su nuca y planta un beso allí.

—¡Son tan lindos!

—Lo son, ¿no es verdad? —Dice Allison. Ella y Selene empiezan a hablar acerca del rebaño y el plan de Lucius de liberarlos.

Fiona se frota los brazos como si tuviera frío y cuando Declan se le acerca y le pone la manta alrededor de sus hombros, no la rechaza.

Parker se me acerca.

—¿Estás bien, pajarita?

Asiento.

—Todavía no puedo creer que vinieron hasta aquí a ayudarnos. —Baja la voz, pero no existe ser discreto a los oídos de alguien paranormal.

—Por supuesto que vendríamos a ayudarlos, —responde Selene—. ¿Por qué no lo haríamos?

—Eh... —Parker y yo nos miramos con desesperación. Desearía poder cubrirme la cabeza con la manta.

Fiona responde por nosotros en su típica manera directa.

—Em porque tú estás con el maldito Rey de los Vampiros y ellos son ellos.

—Sí, bueno. —Selene luce dubitativa y luego asiente como si hubiera llegado a una decisión—. Esto es un poco inesperado, pero pienso en ustedes como mi manada.

—¿Qué? —Los ojos se Declan y Parker se salen de sus órbitas. Los míos también, pero no me atrevo a responder. Mi búho está muy quieto, como esperando que Selene no me vea.

—Sí. Quiero decir... —Ella se encoje de hombros—. Después de lo que le pasó a mi manada anterior, crecí sola. No encajo bien con otros transformistas, ¿saben? Sobre todo ahora que estoy con Lucius. Y él lo es todo para mí, pero a veces es lindo saber que hay una manada de transformistas que me apoyan.

—¿Te han apoyado? —pregunta Allison.

—Ah sí. Desde el día en que conocí. Son los mejores.

—Awww —responde Fiona—. ¿Abrazo grupal? —nos dice cuando Selene deja de mirarla. Declan y yo movemos la cabeza para decir que «¡No!» enfáticamente. Parker hace lo mismo y agrega un movimiento de corte frente a su garganta.

—Ah bien, —Fiona se encoge de hombros e imita un acento Cockney—. Qué Dios nos bendiga a todos y cada uno.

Capítulo doce

Fiona

El ruido de los frenos me despierta. Pestañeo, levanto la cabeza y me doy cuenta de que la superficie cálida que sostiene mi cabeza es el hombro de Declan. Mierda, ¿lo babeé? Toco la tela, buscando partes húmedas y mi tacto lo despierta a él también.

—¿Qué? —Levanta la mirada.

—Estamos aquí. —Parker suena exhausto, pero insistió en manejar toda la noche hasta llegar a Tucson. Después de que Lucius y Selene se marcharan, Declan y yo unimos un remolque con la camioneta. Allison llamó a los ciervos hasta allí y los llevó a un estado somnoliento y calmo.

Lo primero que hago es voltear para mirar el remolque, pero no está.

—¿Dónde están los ciervos?

—Los dejé hace una hora, —responde Parker—. Selene tenía gente esperando para cuidar de ellos y fue sencillo.

—Dios. ¿Dormí durante todo eso?

Declan me aparta el cabello de la cara.

—Debes haber estado cansada por la pelea. —Apoya su

mano en mi nuca. Nunca había dejado a alguien tocarme allí, y se siente genial.

—Supongo. —Estiro los brazos en frente de mí. Aquí atrás no hay mucho espacio, estoy apretada contra Declan. En el asiento delantero, Allison está cómoda junto a Laurie, dormida profundamente. Él abre la puerta del acompañante con cuidado y sale, volteándose para tomarla en sus brazos. Ella no se mueve.

Convertirse en paloma también debe haberla cansado. No nos transformamos y luchamos contra vampiros generalmente.

Laurie lleva a Allison por el camino hasta una casa de estuco de un piso. El lugar es más lindo de lo que esperaba, cuidadosamente decorado con piedras y cactus.

—¿Aquí vives? —Pregunto.

—Sí, —me responde Parker lentamente—. Excepto que...

Declan baja de la camioneta y coloca las manos en su cadera.

—¿Quién la decoró?

Hay luces blancas y brillantes por el borde del techo y la puerta. Con la luz de antes de que amanezca, todo el lugar tiene un brillo alegre.

—¿Ch-ch-chicos? —Llama Laurie. Está en la puerta, sosteniendo a Allison. Nos apresuramos por el camino para ayudarlo. Declan abre la puerta y la sostiene para que Laurie pueda entrar a Allison.

—Tienen correo. —Señalo un gran sobre rojo pegado junto al timbre.

Parker lo toma y lo abre de un tirón.

—Para Allison, Declan, Fiona, Laurie y Parker. Que su solsticio sea alegre y brillante. Con amor, Selene y Lucius.

—Awww, nos enviaron una tarjeta de navidad, —digo y huelo el papel. Huele a Selene.

Declan entra y se escucha un ruido de asombro.

—¿Qué carajos está pasando? —dice Parker.

—¿Qué?

La casa es luminosa y ventilada y huele un poco a pintura fresca. Hay un sillón de cuero color espresso y dos sillas reclinables haciendo juego. Alguien puso un estante blanco estilo mantel en la pared y colgó cinco medias de él. Hay una para cada uno, con nuestros nombres.

—Esto es lindo.

—Exacto, —Parker gira en un círculo lento—. Cuando nos fuimos, este lugar era un desastre arruinado.

—Bueno, alguien ha limpiado.

Hay un aroma a pulidor de limón, además de galletas recién horneadas, azúcar y vainilla. Sigo a Declan hasta la cocina y grito de la emoción. Las alacenas de madera son un poco anticuadas, pero están pulidas hasta brillar. El horno y el refrigerador son vintage de los 50, pero bien preservador y de un blanco impoluto. Hay un plato de galletas de azúcar en una gran mesa blanca en el rincón de desayuno. La gran ventana en mirador tiene una vista fantástica de las Montañas Catalina, y un gigantesco árbol de navidad está en el patio.

—¿Ese es el árbol que estaba encima del autobús? —Pregunto. Es del mismo tamaño y tipo de abeto, pero luce totalmente transformado con luces blancas y decoraciones doradas. Hay regalos envueltos y apilados debajo.

—Vino Papá Noel, —dice Allison. Camina lentamente, luce cansada, y lleva Laurie a cuestas. Él y Parker y Declan tienen todos la boca abierta, hasta el piso.

—Con un poco de ayuda de Selene y el Señor F. Miren. —Tomo una de las galletas. Tiene forma y está decorada como un mapache, con perlas roja de golosina para los ojos. También hay una paloma blanca, un búho y dos con forma de perro. Uno tiene puesto un sombrero gris. Las reparto.

—Feliz navidad para nosotros. —Le doy un mordisco a la mía.

—¿Navidad o solsticio? —Pregunta Allison, con los ojos oscuros brillantes.

—No lo sé. ¿Saturnales? No me importa siempre que haya galletas. También iré por esos regales, ni bien haya dormido un poco. —Miro a Declan y decido ser directa—. ¿Te molesta que nos quedemos aquí?

Se recupera rápido de la sorpresa y asiente.

—Por supuesto. Todo el tiempo que quieran.

—Genial. ¿Dónde está tu habitación? —Paso por al lado de Allison y Laurie, por la puerta y sigo por el pasillo. Le toma un minuto, pero Declan se apresura en seguirme, maldiciendo cuando se choca con Parker.

Sonrío para mí misma. Resulta que puede entender una indirecta.

Me sigue hasta la habitación y cierra la puerta; se quita la campera de cuero.

—Guau —Declan se queda mirando la cama de dos plazas cubierta por un acochado blanco y nuevo.

—¿Qué?

—Selene me compró una cama nueva. —Se acerca y quita las frazadas. La ropa de cama también luce nueva. Almohadas blancas, suaves y grandes que hacen juego con el acolchado de plumas de ganso.

Me saco las botas y me desabrocho el pantalón.

—Luce más cómoda que el piso de la casa del árbol; no es que me haya molestado.

Declan se quita la chaqueta.

—¿Serás mi Santa sensual otra vez?

Su acento extraño tiene algo de dulce. Me gusta. Me gustó la primera vez que lo olí.

—No, pensé que tú podrías serlo esta vez y yo sentarme en tu regazo. —Muevo las pestañas en un intento ridículo de seducción.

Nunca antes vi a un hombre desvestirse tan rápido. Y no me arrepiento. Su cuerpo es algo hermoso, lastimado como el mío, pero cortado con músculos esbeltos. Una fina capa de cabello oscuro cubre su pecho esculpido. Camina hacia adelante, pone las manos en mi cintura y me levanta.

—¿Ah, sí? —Me tira sobre la cama—. Haré de Santa por ti, jovencita. Dime, dulce Fiona, ¿has sido una chica buena o mala este año?

Me levanto sobre las rodillas y me saco la camisa por encima de la cabeza.

—Ay, Santa, he sido una chica muy mala.

Declan gruñe y toca la cintura elástica de mis vaqueros desabrochados. De un tirón quedan a mitad de mis muslos, junto con mis bragas.

Él me da una nalgada en el trasero.

—¿Qué les sucede a las chicas malas?

El lugar donde me golpeó arde de forma caliente, punzante y satisfactoria. Si alguien más se hubiera animado a tocarme así, le hubiera arrancado la cabeza. Pero con Declan se siente como un juego. Como aprecio. Como emoción y calor y la chispa de un fósforo con una piedra.

—A las chicas malas les dan nalgadas, —le digo, bajando a mis codos con el trasero alto en el aire.

Declan emite un gruñido animal de aprobación mientras se sube a la cama. Sus dedos se pierden en mi cabello y masajea la parte de atrás de mi cabeza antes de cerrarlos en un puño y que me quede quieta para las nalgadas. Su mano golpea contra mi trasero, derecha e izquierda, calentándolo con golpes regulares.

Estoy jadeando; la sangre se apresura hacia abajo, a marcha rápida. Quiero a Declan como no he quedo a nadie, hombre o mujer, antes.

—Mierda, sí, —gruño.

Me toma del cabello con más fuerza y tira un poco más mientras desliza dos dedos entre mis piernas. Estoy más que mojada, chorreando por él.

—¿Te gusta eso, mi Fiona feroz?

La palabra «mi» se infiltra en mis sentidos, acomodándose como satisfacción en mi pecho.

—Más, —exijo.

Me da nalgadas más fuertes que hacen que mi trasero esté en llamas de la forma más deliciosa.

Volteo para mirar sobre mi hombro.

—Hazlo, —le digo. Mi voz suena ronca. Sensual.

Los ojos de Declan resplandecen de un verde brillante. Se acomoda de rodillas detrás de mí, soltando mi cabello para sostener mi cadera. La cabeza de su miembro empuja contra mi entrada y la frota ahí, acariciando mi clítoris, enviando temblores gloriosos de placer por mi cuerpo.

—¡*Ahora*, Declan! —Me desespera conseguir esa satisfacción. Lo necesito dentro de mí. Necesito que me reclame. Espera... ¿que me *reclame*?

Empuja hacia adentro, sosteniendo mi cadera firme.

Tiemblo de satisfacción. Sí. Esto es lo que necesito. Tan bueno.

Mientras se mueve dentro de mí, algo cambia. Me invade un sentido de pertenencia. Le pertenezco a este hombre. Pertenezco a su diverso grupo de inadaptados. Estoy dañada, pero lo estamos todos.

Mi cuerpo responde a ese entendimiento, o quizás, mi

entendimiento es una respuesta a mi cuerpo. No lo sé. Sólo sé que estoy acalorada, mareada y a punto de llegar a Nirvana.

—Eso, justo ahí, —lo aliento, cerca de acabar.

Declan golpea más, toma mi cadera con una fuerza tremenda y se sacude contra mí. Siento la cabeza de su miembro golpear profundo dentro de mí, marcándome con su calor.

—Ay, mierda, Fiona. No duraré mucho. —En su voz hay angustia, junto con el gruñido de su animal. Vuelvo a mirarlo por encima del hombro y veo que sus caninos brillan, listos para morder.

Quiere marcarme.

Y yo quiero ser marcada. ¡La sorpresa más grande!

Golpea más fuerte y más rápido; sus genitales chocan contra mi trasero hormigueante.

—¡Fiona!... ¡Fiona! —En su voz hay preocupación. Está a punto de saltar al precipicio. No, está a punto de marcarme.

—Hazlo, —le gruño.

Declan golpea profundo y sus dientes se hunden en mi hombro. Grito de placer; mi propio cuerpo erupciona con placer. Mis músculos se tensan y aprietan su miembro mientras mi piel recibe su marca, su aroma, este regalo de todos los posibles.

Una pareja.

—Ay, mierda, Fiona. Lo lamento tanto. —Declan saca los dientes de mi hombro y me lame hasta cerrar la herida—. No quise hacerlo. Perdí el control. Lo siento, jovencita. No debí haber...

—Declan, —interrumpo su disculpa—. Declan, está bien. Lo quería. —Me giro y levanto la mirada hacia él—. No pienses que no te marcaré a ti, —le digo, aunque sé que no funciona así. Una mujer no deja su aroma en un hombre, y los mapaches tampoco marcan a sus parejas.

Pero el rostro de Declan se relaja en una sonrisa.

—¿Estás segura? Estoy bastante jodido. Bastante jodido para ser una buena pareja.

—Yo también. —Envuelvo los brazos alrededor de su cuello—. ¿Quieres que estemos *jodidos* juntos?

—Mierda, sí.

* * *

Allison

—Necesito una ducha, —le digo a Laurie después de que Declan y Fiona desaparecen en su habitación.

Sí, ya la estoy llamando *su* habitación. Conozco a Fiona lo suficientemente bien para saber que está decidida por Declan. No confiaría en él, no lo dejaría entrar a su círculo íntimo si no fuera su pareja.

También estoy segura de que he encontrado a la mía.

—T-te mostraré el b-baño, —ofrece Laurie, acompañándome personalmente por el pasillo.

Lo que funciona perfecto con mi plan. Cuando llegamos al baño, tomo su mano y lo hago entrar conmigo.

—No quiero ducharme sola, —le digo. Es verdad, pero no porque me sienta necesitada. O más bien porque me siento necesitada de una forma puramente sexual.

Necesito asegurarme de que Laurie sepa que soy suya.

Siento sus nervios, pero no titubea ni protesta. Me sigue y cierra la puerta, pone la traba. Su manzana de Adán sube y baja mientras me mira sacarme la ropa, prenda por prenda.

Cuando no se saca la suya, lo hago por él; desabrocho su camisa oxford y le quito los lentes del rostro.

Se quita los pantalones y los boxers. Abre la ducha y controla la temperatura con la mano.

—¿Alguna vez has tenido sexo en una ducha? —Pregunto.

—Oh. Se queda mirándome con sus pestañas largas y niega con la cabeza.

—Yo tampoco.

Cierra la cortina y me ofrece la mano, ayudándome a entrar a la tina y estar debajo de la lluvia caliente de agua. Se siente delicioso.

—Es mi primera vez, le digo.

Entra detrás de mí. —Tu primera vez en una ducha.

—No, mi primera vez.

Laurie se queda helado. Al principio, pienso que estará desconcertado, como suele pasarle, pero es lo opuesto. De repente parece muy seguro de sí mismo.

—Entonces esta ducha será una previa, —me dice con total autoridad—. Deberías estar en la cama para tu primera vez.

—Bueno, papi, —pruebo con el apodo pervertido para ver cómo se siente en mis labios.

Me gusta.

A él debe gustarle también porque sus ojos comienzan a brillar. Toma la barra de jabón y la pone entre sus manos; luego empieza a enjabonarme toda. Sus dedos largos y pálidos son un hermoso contraste con mi piel oscura.

Su forma de tocar es cuidada, respetuosa. Como si fuera una flor recién abierta, y él tocara cada pétalo. Su mano recorre mi estómago y entre mis piernas. Mueve un dedo allí, deslizándolo sobre mi abertura, abriéndome.

Pongo la cabeza hacia atrás, cierro los ojos debajo de la ducha, rindiéndome a esa sensación dulce. El temblor de mis piernas. En estremecimiento de mi centro. El calor que emana de cada poro de mi cuerpo.

Laurie toma mi nuca y acerca mi rostro al suyo. Al principio su beso es extraño, pero luego se suelta. Su lengua empuja contra mi boca; sus labios se inclinan sobre los míos, deslizándose y chupando.

Me pone contra el azulejo frío; su miembro largo y grueso presiona contra mi estómago. Lo envuelvo con la mano y aprieto, dudosa al principio; luego tomo confianza cuando gruñe de placer.

Acaricio su pene mientras mueve los dedos entre mis piernas y me besa muchísimo. La necesidad me marea. Gimo contra sus labios. El vapor me atonta. Y después, de repente, se apaga el agua y estoy en sus brazos; me lleva fuera de la tina. Olvida tomar toallas así que agarro una de la pila que pasamos de camino a su dormitorio.

Empuja para abrir la puerta y me lleva a su hermosa cama que no huele para nada a él.

—¿Es nueva? —Pregunto. La ropa de cama luce mucho más lujosa de lo que creo que Laurie podría pagar.

—Sí. Debe ser regalo de Selene. —Laurie me recuesta en el medio de la cama; abre mis muslos y me lame.

Me arqueo, sorprendida por el placer. Ya estaba cerca del borde y sólo toma un par de pasadas de su lengua antes de que acabe.

Pero Laurie es implacable. Sigue tentándome con su lengua, metiendo uno, luego dos dedos dentro de mí mientras chupa y provoca a mi clítoris. Llego al orgasmo una y otra vez hasta que estoy segura de que las paredes se derretirán del calor que estamos produciendo.

Finalmente Laurie me da un descanso y me ofrece un trago de agua de una botella cerca de la cama.

—No tengo preservativo, —dice.

Me quedo mirándolo, confundida. Los transformistas no portan enfermedades de transmisión sexual. Ay.

Oh.

Anticonceptivos.

Muevo la palma por su pecho; luego tiro su cuerpo sobre el mío.

—Pon un pequeño búho dentro de mí, —exijo.

Las plumas vuelan en todas las direcciones. Laurie sostiene su peso en los brazos y baja la cabeza para darme un beso feroz. Mientras se enredan nuestras lenguas, entra despacio en mí.

Tomo su trasero con fuerza y lo tiro más fuerte. Si hubiera sabido que el sexo era tan divertido, lo habría probado hace mucho.

No, eso es mentira.

He estado esperando a Laurie. Nadie más haría que esto fuera tan perfecto. Tan mágico. Tan real.

Miro los ojos de Laurie ponerse más redondos, brillar más fuerte. Ahora nos movemos juntos. Como uno. Nuestros cuerpos van al mismo ritmo, subiendo a la misma cumbre. El placer crece y crece.

Llegamos a la cima en el mismo momento eufórico.

Grito cuando me descargo. Las plumas vuelan por todos lados, de pluma y de paloma. Detrás de Laurie, veo el brillo de sus alas de búho.

Siento el abrir holográfico de las mías debajo de mi cuerpo sobre la cama.

Laurie grita. Sus labios se chocan con los míos y sigue en su orgasmo hasta que ambos nos movemos juntos despacio, las respiraciones se mezclan, los corazones se abren.

Una sensación de quemazón entre las cejas me dice que el apareamiento terminó. Estoy marcada para siempre por una pluma de búho.

Laurie nos pone de costado, mirándonos el uno al otro. Acaricia la curva de mi mejilla con la punta de sus dedos.

—Eres mía, —dice sorprendido.

Le sonrío.

—Somos pareja. Para siempre.

—Pensé que estaba demasiado roto para tener pareja.

—Bueno, —respondo, siguiendo la forma de sus cejas expresivas—. A veces encuentras a alguien cuyas piezas rotas se unen con las tuyas.

—Como un rompecabezas, —reflexiona.

—No, estamos completos solos. Pero a veces lo olvidamos. Y necesitamos de alguien que lo vea y nos lo recuerde.

—*Estás* completa. Y eres hermosa, —me dice—. No puedo creer que quieras ser mía.

—*Soy* tuya. —Toco el espacio entre mis cejas que lo prueba.

Él se apoya sobre un codo.

—¿Pero quieres selo?

Qué búho ridículo.

—Claro que quiero. La vida es muy corta para no estar con quien amas.

Capítulo trece

Parker

Tras una siesta larga, vamos por los regalos.

Hay un jamón entero para Declan y un sombrero nuevo para Parker. Pares de lentes de sol y normales para Laurie, con marcos modernos y sensuales. Nuevos atuendos y productos del cuidado del cabello para Fiona y Allison. Y esculturas diminutas de madera de nuestros animales de los «Hermanos de la Montaña de Osos Malos», uno para cada uno.

También hay canastas llenas de comida, un equipo parrillero para una nueva y brillante parrilla. Almohadas para los muebles del patio y un nuevo comedero para aves para colgar fuera de la ventana de la cocina. Lo que es buena idea porque la sola presencia de Allison ha aumentado el número de aves afuera.

—Que gran botín de navidad. —Fiona se frota las manos. Puedo imaginarme a su mapache haciendo lo mismo.

—No es navidad, —respondo—. Es el solsticio. Y Selene

nos dio esto y ella celebra los Saturnales con Lucius. ¿Así que qué fiesta estamos celebrando?

—Todas, —dice Declan.

—¿Todas esas? —Repito.

—Sí. ¿Por qué no?

—Brindamos, —grita Fiona—. Vamos, necesitan algo de alegría navideña.

—¿Alegría navideña? —Declan se endereza el sombre de Papá Noel—. Me sale la alegría navideña del trasero.

—T-te dije que beb-bieras el licor de huevo, —dice Laurie.

Allison ríe y niego con la cabeza, la copa en alto.

—A mí familia. A Selene y a nuestra victoria con unos vampiros muy tontos.

—A nuestro amor y amistad y a encontrar alguien tan extraño como tú, —dice Fiona.

—Beberé por eso. —Declan levanta su copa.

—Quizás no nos unan las similitudes. Quizás las diferencias nos hagan parecidos, —reflexiono.

—Iguales, diferentes, no importa. Eres mi hermano, Parker, —dice Declan.

—Y tú el mío. Molesto, bebes todo mi whiskey bueno, comes lo que queda de cereal y pones la caja vacía en el estante en vez de tirarla.

—Sí. Ese soy yo.

—Cállate y bebe, —gruño.

—Auch, Parker, tu discurso me desarrugó el corazón con su calor. —Declan me dedica una sonrisa sardónica.

—Con su calor, —se ríe Fiona.

—Por Dios, ahora dos de ellos, —gruño.

—Espera. —Laurie me pasa una canasta de regalo gigante—. Este es para ti.

Desato el moño y le saco el papel celofán que lo

envuelve. Dentro encuentro una máscara de dormir, crema de magnesio, un rociador de almohada de lavanda y una almohada blanca y mullida.

Leo la carta que trae en voz alta.

—Para Parker. La nueva cama de dos plazas debería ser más cómoda que tu silla vieja. Dulces sueños.

Trago saliva.

—¿Cómo supo que me costaba dormir?

—El señor vampiro trabaja en formas misteriosas, —dice Declan.

Huelo la canasta de regalo. Sólo huele a Selene, gracias a Dios. Si el Rey Lucius viniera y dejara su olor, mi animal tendría pesadillas por semanas.

—Tengo un anuncio que hacer, —dice Fiona—. Las cosas han progresado desde que llegamos...

—Eso parece, —la miro fijo. Hay una marca roja que se asoma en el cuello de Declan y el de Laurie está cubierto de pequeñas mordidas de ave.

Las mejillas pálidas de Fiona se ruborizan.

—Sí, Declan y yo ahora somos pareja.

—Laurie y yo también, —añade Allison.

—Era hora. Declan golpea a Laurie en la espalda. Unas pequeñas plumas flotan hacia el techo.

—Así estás atrapado con nosotras. —Fiona sonríe.

—Bienvenidas a la familia. Les doy una abrazo a Allison y a ella. Hace unos días no podría haberme imaginado esto.

—Pensar, —dice Fiona, —que si el rey no nos hubiera enviado en esa misión, ahora no estaríamos juntos.

—Casi parece que lo hizo a propósito, —responde Allison.

Miro fijo a Declan y Laurie, que se quedan helados. El Rey de los vampiros... ¿formando parejas? Es una idea que asusta.

Ni Fiona ni Allison parecen notar nuestras miradas preocupadas.

—Vamos, Danny, ¡prendamos el fuego! Fiona toma a Declan de la mano y lo lleva hacia afuera.

—Muy bien, enamorados, me voy. Tengo una cita con un colchón. Estoy tan feliz que podría hacer un pequeño baile.

—B-b-buen p-p-plan. —Laurie envuelve a Allison con sus brazos.

Me encojo de hombros.

—Es la noche más larga del año.

—Dulces sueños. —Allison lo saluda con la mano. Inclino mi sombrero hacia ellos y mi retiro.

La noche llega rápido en el día más corto del año. Pero en una pequeña casa a los pies de las montañas Catalina, la oscuridad no nubla el espíritu navideño.

En el patio, a unos metros del árbol brillante, Fiona y Declan se calientan las manos con un fuego hecho en un tacho de basura mientras ríen y comparten una petaca.

Por encima, en el techo, un búho gigante se sienta junto a una paloma pequeña que está bajo su ala. La paloma blanca ahora tiene marcas de una pluma de búho entre las cejas, una señal de que ha sido reclamada.

En su habitación, rodeado del aroma adormecedor de la lavanda, Parker se hunde profundo en su cama, acurrucando su almohada y respirando tranquilo en un sueño profundo y sin pesadillas.

El fin

. . .

¡Felices fiestas de parte de Renee y Lee! Gracias por leer nuestras historias de Alfas Peligrosos. Tenemos muchas más, incluyendo la serie Oso Peligroso con todos los hermanos de la Montaña de Osos Malos, en los próximos años.

Tu apoyo como lector es muy importante para nosotras. ¡Eres mágico!

<3
    Renee y Lee

Libro Gratis - La virgin y el vampiro

Quiere un libro gratis de Renee Rose y Lee Savino? Suscríbete a su newsletter para recibir **La virgin y el vampiro** y otro contenido especialmente bonificado y noticias de nuevos. https://BookHip.com/XJPQQXK

Libro Gratis de Renee Rose

Quiere un libro gratis de Renee Rose? Suscríbete a mi newsletter para recibir **_Padre de la mafia_** y otro contenido especialmente bonificado y noticias de nuevos. https://BookHip.com/NCVKLK

Los hombres lobo de Wall Street
Un gran jefe malvado

Medianoche
por Renee Rose y Lee Savino

B ienvenidos a Wall Street, donde los hombres lobo te comerán como desayuno.

Capítulo uno

Madi

Harvard me quiere. Yale me aceptó. Hasta mi *alma mater*, Princeton, dice que me recibirá para posgrado. Pero seguir estudiando cuando mi hermano menor está considerando no hacerlo sería inadmisible, sobre todo cuando mis conexiones en Princeton pueden darme un trabajo en Wall Street en el que gane seis cifras y pueda pagar sus estudios.

El área de recepción de recursos humanos de MoonCo está repleta de jóvenes profesionales que parecen muy capaces y que estarían dispuestos a apuñalarme sin pensarlo.

Ya pasé unas cuantas pruebas escritas, que incluyeron el crucigrama del domingo de *New York Times*, que me llevó aproximadamente sesenta segundos completar ya que lo había resuelto en el viaje en subte hacia la ciudad.

Me vestí perfecto para la ocasión, con mi vestido azul favorito que guardo en la parte trasera del armario y haciéndolo más elegante junto con una chaqueta de traje cuando conseguí una entrevista en Wall Street, doce horas después de que llegara la carta de rechazo de mi hermano.

Estiro mi chaqueta de traje y me pongo derecha para dar una entrevista perfecta cuando llaman mi nombre. Los tacones altos que llevo me están matando, aunque para cualquiera que me mire los llevo como si estuviera en una pasarela mientras una asistente, que sin duda estudió en Harvard, me dirige a un salón de entrevistas en MoonCo.

—Madison Evans, ¿verdad? Soy Genevieve Small, vicepresidente de Recursos Humanos.

—Es un gusto conocerla, Señora Small —entro a la sala de conferencias.

—Sí.

Le doy un apretón de manos con la fuerza justa y tomo asiento. Trabajar en Wall Street no es el sueño de mi vida. Es más bien lo contrario. Así que puedo pavonearme por la sala de conferencias con el aire perfecto de confianza profesional y nada de los nervios que intentan disimular todos los que están allí afuera.

—Te acabas de graduar con honores de Princeton, —Genevieve mira el informe que le alcanza su secretaria.

—Sí.

No agrego nada más. Es parte de mi juego de poder.

Responderé preguntas, pero no intentaré venderme demasiado.

—Fuiste a Landhower.

Se refiere a la preparatoria de niños ricos a la que asistí. La que pude pagar sólo porque un *donante anónimo*, sin dudas mi padre anónimo, ofreció el dinero.

—Así es.

Ya lo sé porque hice la tarea, pero me da una ventaja para conseguir el trabajo. Es la forma en la que trabajan los ricos. Piensa que soy uno de ellos, parte de la elite exclusiva de Manhattan. No sabe que todos los niños y la mayoría de los profesores de Landhower me miraban con desdén porque sabían que no pertenecía. Puede que sea inteligente, pero nunca tendré su linaje. O al menos, no uno reconocido, gracias a mi querido padre abandónico.

Me encojo de hombros.

—Arriba los *Landsharks* —repito nuestro lema con una pequeña sonrisa para suavizar mi tono seco.

No es tonta. Sus ojos se estrechan mientras me analiza, como intentara entender si estoy siendo una imbécil o no. Hago que mi expresión sea un poco más agradable.

Necesito este trabajo.

Fácilmente podría ver a esta mujer como una de las chicas creídas de perlas con las que fui a la secundaria. Las que salían con jugadores de lacrosse y conducían convertibles rojos que sus padres les compraban. Las que miraban mal mi mochila desgastada y mis Converse y me hacían saber que estaban al tanto de que sólo iba a la escuela con ellas porque mi mamá trabaja allí como una simple empleada.

—El puesto para el que te estamos entrevistando es asistente del asistente ejecutivo. Es un trabajo de ritmo rápido y se necesita ser fuerte, inteligente y atento a los detalles. Sólo se te darán instrucciones una vez y se esperará que puedas deducir el resto por ti misma.

—Claro —finjo estar un poco aburrida.

Puede que tengas que viajar y hacer horas extra. Básicamente estarás disponible a toda hora. No es el tipo de puesto para alguien con obligaciones familiares o una vida personal ocupada, en realidad, ningún tipo de vida personal.

—No es un problema.

—Dime cómo te preparaste para esta entrevista.

La miro directo a los ojos.

—Busqué a cada miembro del equipo ejecutivo, empezando por el CEO, Brick Blackthroat, y terminando con usted. Busqué cualquier pista que pudiera decirme qué tipo de ambiente corporativo esperar, además de que cosas en común pudiéramos tener, como nuestra alma mater compartida.

Ella estrecha los ojos, como si de repente no estuviera segura de que de hecho fui a Landhower.

—¿Quién fue tu profesor favorito de Landhower?

—El Dr. Anderson, el profesor de lengua y entrenador de debate, —respondo con facilidad—. Él me enseñó a pensar por mí misma y a defender mis creencias, incluso cuando nadie estuviera de acuerdo conmigo.

—¿Y en Princeton?

—La Dra. Brown, de Sociología. Ella me enseñó a abordar problemas desde todos los ángulos.

—Ah, sí. Recibí un correo de voz de la Dra. Brown recomendándote para este puesto.

Anoche pedí ese favor. Justo después de prometerle a mi mamá que encontraría la forma de pagar la educación de Brayden.

Ella vuelve a mirar el archivo.

—Dice en tu aplicación que te admitieron a Harvard y a Yale para posgrado, pero que decidiste no ir. ¿A qué se debe?

—¿Honestamente? Mi hermano menor no consiguió la asistencia financiera que esperábamos y tengo que ayudarlo. Además, ya me aburría el estudio. Estoy lista para algo con más ritmo y desafíos, como Wall Street.

Ella levanta una ceja y me mira estudiándome, como intentara saber si digo la verdad.

La primera parte lo es. La segunda es lo que espero que quiera escuchar.

—¿Cómo lidias con los acosadores en el trabajo?

—Establezco límites claros y nunca me altero. No creo en pelear con ellos, sólo en evitarlos. Le muestro lo que considero una sonrisa pícara.

Ella no muestra nada.

—¿Cuánto es tres a la doceava potencia?

Hago un cálculo mental rápido.

—Bueno, tres a la doceava potencia se podría reducir a tres a la cuarta potencia elevado a la tercera. Así que tres a la cuarta potencia es ochenta y uno. Ochenta y uno al cubo es, eh... ochenta al cuadrado más ochenta, más ochenta y uno, lo que da... 6561. Y luego tendría que multiplicar ese número por ochenta y uno. Agh. ¿Quiere un número exacto o un estimativo?

—Continúa.

—Bien... Lo separaría en 6560 más uno por 80 más uno, así que tendría 6560 por ochenta, más 6560 más ochenta más uno. Entonces, 656 por ocho es, eh... 5248, luego agrego dos ceros y ahora sumo 6560 y 80, más 1. Obtengo, em, 531.441. —Exhalo—. Pero probablemente sólo utilizaría una calculadora. Junto las rodillas, esperando que me pida calcular el número de ventanas en Nueva York o algún problema descabellado de pensamiento crítico, pero parece satisfecha.

—Si obtienes el puesto, entiendes que empezarías mañana por la mañana, ¿correcto?

—Sí. —Asiento—. Eso me dijeron cuando me llamaron para la entrevista. Empezar mañana no es problema.

—Bien. —Se pone de pie, lo que me indica que la entrevista terminó.

—¿Me llamará para avisarme?

Ella mira rápido el teléfono.

—Para la medianoche.

—Medianoche Claro. Disponible a toda hora. Entendido.

—Seré honesta contigo; aunque la descripción del trabajo suene a que está por debajo de tu coeficiente, este es el puesto más difícil de contratar.

—¿Es un ejecutivo exigente? —Pregunto con tranquilidad.

—Muy.

Veo en ella un destello de humanidad, como si nos uniéramos sobre lo idiota que es su jefe. Me pregunto si el puesto es para el hermoso pero reconocidamente cruel Brick Blackthroat, el CEO.

Bueno, he lidiado con muchos imbéciles. Por Brayden, soportaré cualquier tipo de maltrato. Merece la misma oportunidad que tuve de tener una educación.

—Todavía no logro contratar un asistente que dura más de tres meses.

—Estoy lista para el desafío, —afirmo.

—Créeme, —se pone de pie y me da un apretón de manos ligero— no lo estás.

. . .

Capítulo

Brick

La vista desde la suite ejecutiva de Moon Co. haría que un hombre más débil, humano, se sintiera mareado. El edificio es tan alto que se balancea con el viento. Pero ese es el precio de probar el aire exótico y de tener todo Lower Manhattan a tus pies.

Aquí arriba es fácil olvidar que eres mortal. Aquí arriba es fácil olvidar sentirse como un dios.

Una sombra cae sobre el vidrio cuando Billy, mi segundo al mando, se sienta a mi lado.

—Ya casi llegamos, —dice en voz baja. Sé que se refiere al voto que hicimos hace años, en nuestro dormitorio de la universidad, el peor día de mi vida. El día en que a mi padre lo asesinaron y nuestro enemigos destruyeron todo lo que había creado.

—Ya casi, —gruño. Ambos miramos fijo al edificio que tenemos en frente. Nuestro enemigos lo alzaron para provocarnos.

—Estamos cerca. —Apoya su mano en mi hombro—. Los Aduwulfs no sabrán qué sucedió.

Volteo y me siento en la cabecera de la mesa de conferencias. Billy va hacia la puerta para abrirla y mostrar que la reunión está por comenzar. El resto del equipo ejecutivo empieza a entrar.

Y entonces me golpea. Un aroma dulce, brillante y cítrico pero complejo como la nuez moscada. Me hace agua la boca.

En la punta de la lengua tengo ganas de maldecir y reprender a alguien. Los perfumes y las colonias de cualquier tipo están prohibidas en las instalaciones. Está claro en el manual de empleados, prácticamente en la primera página. Billy disfruta mucho despedir a nuevos empleados que lo olvidan.

Pero no es perfume. Es el aroma natural de alguien. ¿Pero de quién?

Allí, junto al ascensor.

Una chica nueva.

El viernes despedí a mi secretaria, lo que significa que su asistente, Indira, subió de puesto y hay una nueva graduada universitaria emocionada por ocupar su lugar.

Una joven analiza con tranquilidad el piso superior. No es diferente de cualquier otra secretaria. Joven, profesional. Tiene el cabello en un corte bob corto, castaño oscuro y un labial bien rojo.

Pero su aroma... Pasa por mis fosas nasales y saboreo el gusto.

Nuez moscada y naranjas. Tal vez un indicio de algo exótico, como incienso.

—¿Quién es?

Billy se deja caer en su silla y se reclina, balanceándose en las patas traseras, una muestra de fuerza que ningún humano podría lograr. Cuando lo miro de mala manera, deja que la silla caiga sobre las cuatro patas con un golpe.

—¿La nueva secretaria de tu secretaria?

Estaba allí cuando despedí a la anterior el viernes. Cambio de asistentes como Billy de parejas casuales.

—Debe serlo.

—¿Quieres que la llame? —pregunta.

—Sí.

Normalmente diría que no. Normalmente no le dirigiría la palabra hasta querer algo. Pero tengo que analizar este aroma de cerca.

Billy mira a Indira y señala a la Chica Nueva. Él hace una seña de llamarla, como si lo irritara que Indira no hubiera entrado ya a presentarla. Casi tiene tanto talento como yo en hacer que los empleados se sobresalten y tiemblen de miedo.

Pero la Chica Nueva no parece tener miedo. La observo mientras sigue a Indira. Ni bien puedo olerla plenamente, quiero lamerla de pies a clítoris.

Una reacción extraña ante una humana.

Ni siquiera es agradable a la vista. Quiero decir, es linda, pero no tiene nada suave ni complaciente. Hay algo en la forma en que lleva su cuello, levanta el mentón, en cómo no se estremece cuando la miro de mala manera, que la hace parecer que lleva una medalla. Con diez años más, parecería del tipo ejecutiva poderosa. Una potencia de mujer, nacida para dominar cualquier oficina. Contrato a un par de mujeres como ella. Debes ser fuerte para ser exitoso aquí.

Ella también me analiza; de alguna forma logra parecer respetuosa y abierta, pero sin nada de miedo aunque sea su primer día aquí.

Parte de mí quiere humillarla desde el comienzo. Sobre todo porque escuché que le murmuró a Indira, «Entonces ese es el Gran Jefe Malvado» antes de que entraran. Por supuesto, no podía saber que su conversación no estaba fuera de mi campo de audición en este piso.

Entre más se acerca, más se infiltra su aroma en mis sentidos. Es demasiado agradable como para que quiera atacar. Dios, ¿se me está poniendo duro el pene?

Me pongo de pie.

—¿Eres?

—Sr. Blackthroat, ella es... —comienza a decir Indira.

—Madison Evans.

La Chica Nueva me ofrece la mano para que la estreche, diciendo su nombre al mismo tiempo que Indira. Me sostiene la mirada todo el tiempo. No es desafiante, sólo atenta. Me está analizando Quiero encontrar algo que criticar, pero no lo logro. Tiene la mezcla justa de confianza y humildad. No es demasiado arrogante, ni tímida. Hay algo demasiado atractivo acerca de su forma de ser.

Ya la detesto. Acepto su apretón de manos. Su piel es suave. Por alguna razón, mis pensamientos van al hecho de que su aroma ahora estará en mi palma. No es que vaya a volver a olerlo más tarde.

—Me dicen Madi.

—Te llamaré Madison *si* recuerdo tu nombre. Esperaré que respondas a Secretaria, Asistente, Chica Nueva o lo que sea que te grite en el momento —le suelto la mano.

Lejos de estar sorprendida, veo algo de diversión en su expresión.

—Responderé a todos esos llamados, —me asegura inclinando la cabeza.

—Bien. Ahora toma nuestras órdenes de café —muevo una ceja como si ya tuviera que haber sabido hacer esto aunque sea su primer día. A Indira le digo—, ¿dónde está los informes financieros?

(c) Midnight Romance Publishing

* * *

Odio a mi jefe.

El magnate de Wall Street es un imbécil. Es un alfatúpido de primera clase.

Demasiado apuesto, pero horriblemente fallado.

El tipo de hombre que nunca puedes satisfacer ni con una navaja ni todo el poder ni el dinero del mundo.

Fui a la escuela con cretinos como él, así que no tengo miedo.

Lo que me asusta es mi atracción por el tipo. Lo mucho que disfruto pelear con él.

Las humillaciones verbales. Su expresión inescrutable luego.

Él es peligro revestido de poder

y se está haciendo más y más difícil de resistir.

Odio a mi nueva asistente.

Las he odiado a todas, pero este es otro tipo de odio. Uno tortuoso.

Ella es realmente inteligente, capaz y responde.

Y la pequeña humana huele a tentación. Del peor tipo.

Se viste para matar y estoy en peligro de muerte.

Uno de estos días, me llevará al límite.

Y no está para nada lista para lo que sucede

cuando le sacas la correa a un lobo alfa en su cantera.

Medianoche es el libro uno de la trilogía *Gran Jefe Malvado*. El protagonista es un jefe cretino millonario y su asistente realmente brillante.

Reserva ahora

Otros Libros de Renee Rose

Vegas Clandestina

Rey de diamantes

Padre de la mafia

Sota de picas

As de corazones

El comodín del Loco

Su reina de tréboles

La mano del muerto

El comodín

Rancho Wolf

Áspero

Salvaje

Feroz

Rudo

Indomable

Implacable

Dos Marcas

Rebelde - GRATIS

Tentada

Deseada

Seducida

Alfas peligrosos

La tentación del alfa

El peligro del alfa

El premio del alfa

El reto del alfa

La obsesión del alfa

El deseo del alfa

La guerra del alfa

La misión del alfa

El tormento del alfa

El secreto de alfa

La presa del alfa

La sangre del alfa

El sol del alfa

Alfa de Montaña

Héroe

Rebelde

Guerrero

Otros libros de Lee Savino

Saga Guerreros Berserker

Vendida a los Berserker

Emparejada con los Berserker

Raptada por los Berserker

Entregada a los Berserker

Reclamada a los Berserker

Alfas Peligrosos

La tentación del alfa

El peligro del alfa

El premio del alfa

El reto del alfa

La obsesión del alfa

El deseo del alfa

La Guerra del alfa

La Misión del alfa

El tormento del alfa

El secreto de alfa

La presa del alfa

La sangre del alfa

El sol del alfa

La virgen y el vampiro

Conoce a la autora

RENÉE ROSE, LA AUTORA BESTSELLER EN USA TODAY, ama los héroes dominantes, ¡los machos alfa que saben hablar sucio! Ha vendido más de un millón de copias de tórridas novelas románticas con diferentes niveles de sexo no convencional. Sus libros han sido presentados en el Happily Ever After de USA Today y en Popsugar. Nombrada en el Eroticon de los Estados Unidos como la Próxima Autora Erótica Top en 2013, ha ganado también como Autora Preferida en Ciencia Ficción y Antología Valiente y Atrevida y con la mejor novela romántica histórica en The Romance Reviews. Figuró catorce veces en la lista de USA Today con su serie Rancho Wolf y varias antologías.

**Suscríbete a mi newsletter para recibir contenido especialmente bonificado y noticias de nuevos lanzamientos en Español.

https://www.subscribepage.com/reneerose_es

facebook.com/reneeroseromance

x.com/reneeroseauthor

instagram.com/reneeroseromance

Conoce a la autora

Lee Savino tiene objetivos grandiosos, pero la mayoría de los días no encuentra ni su cartera ni sus llaves, así que se queda en casa y escribe.

Mientras estudiaba escritura creativa en la Universidad de Hollins, su primer manuscrito ganó el premio Hollins de Ficción.

Lee vive en Estados Unidos, con su increíble familia.

Puedes conectar con ella en su sitio web, su grupo de lectores, y sus redes sociales.